愿你心有远山
安于当下

露茜女子 著

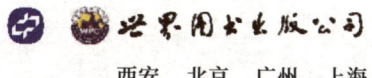

西安　北京　广州　上海

目 录

我在等风也等你 自序

愿你不负天地 辽阔高远

料青山见我应如是 /003
向苍天借一件袈裟 /013
一袭素衣调香更调心 /025
不负京戏不负卿 /037
只身打马入江湖 /051
给我一匹马 陪你走天涯 /063

愿你心有远山 安于当下

人间况味是清欢 /081
许华彩一世长安 /093
酿花调琴 /105
情不知所起 一往而深 /123
我心素琴弹 /137
有匪君子如琉璃 /149

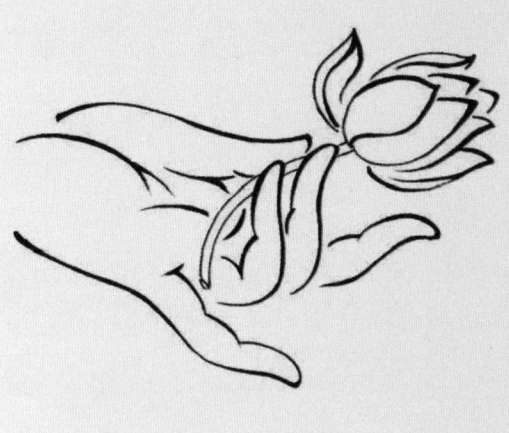

愿你顺意而活 逆风而行

世间唯有妙莲花 /163
赤子之心与你同在 /177
惜茶待故人 /187
月下煮松风 /199
愿我来世得菩提 /211

愿你余生有情 余下有爱

浩劫一生香如故 /223
与砚素心相对 /233
我有一身艺 足以慰风尘 /245
越罗衫袂闲梦远 /257
真名士自风流 /269

我在等风也等你
自序

为这本新书写序的时候,正是丁酉年的黄梅时节。眼下荷塘初盛,细雨微濛。

写字的时候大多在深夜,小窗有花影,幽梦有春风,桌案上有茶香,总觉得过往岁月未曾辜负,那些历经的山水,都将成为内心的乾坤,岁月终归待人好。

是从什么时候开始爱上文字的呢?

我也说不清道不明。文字是月光,是倾盖如故,是念念不忘,是梦境里触手可及的孤岛,是我心上的旖旎时光。

最初对文字总藏了些细细密密的女儿心事,只愿与她一人倾诉。后来入了红尘颠沛流离,掺拌着微笑和泪与现实对峙,纵然拂袖间满是人间烟火里的千姿百态,文字依然是我绵藏心底的天真,让我为之着迷一生。

当下光阴磅礴浩瀚,我投身其中,又仿若旁观者。我知晓山路崎岖难走,一人前行艰难;也知生活不易,亲人白发渐生,但此生只想去描绘那些山水的轮廓,岁月的轮廓,天地日月星辰的轮廓。我相信,那些穿过漫漫寒夜里的理想,终会抵达光明。

文字如我,是喜上眉梢的从容淡定,是佳期如约的姿容风雅,是渺渺千里的层云,是春时微雨蔷薇的花香。

我只愿以一颗灵犀之心踏实活着,去临摹光阴里的一笔一画,用书墨铺散成魏晋的花枝明月,让笔下有唐风,字字都有深情和远意。

我能想到最浪漫的事,就是和文字一起慢慢变老呀。

年少时,我是乖乖女,按照父母意愿去成长,懵懂青葱,尚不知命运为何物。直到经历了人间事之后,现在的我更趋向于自在逍遥地活着。

其实寻找自我,是一件很难的事。如果选择糊涂过日子,这一生也就好好地过去了,可一旦陷入对自我和精神的追求,人生似乎立马艰难起来。心里有多难,这个过程就有多漫长。

每个人在蜕变得美好之前,必然经历了磨砺或煎熬,人生当下也不止喜悦,还有粗糙与琐碎。不曾经受过真实生活的打磨,就无法充分理解那些明亮而美好的时刻。

我选择呈现诗意的人生,不是我的生活全是风花雪月,只是因为,我在传递诗意和苦难面前,做出了自己的选择,只有心有洞天的人,才不会空谈诗情画意。此生我要做的是,历经周转折返之后,还能眉目清澈,心有猛虎。

在这烦忧与喜乐并存的人世,人人各怀心事,时常如履薄冰。闲时你我还可以布衣蔬食,安静读书,有朋友相伴看花,要珍惜这样的福报。

少年白衣轻柔,中年世道炎凉。改变,对一个人来说并不是难事,难得的是一直守护最珍贵的自己。

我始终深信,同道中人终会相逢。

这本书里写了二十二个人的传奇故事和生活方式，有出家人从军官变成犯人再到僧人传奇的一生；有隐居在终南山的"神雕侠侣"，一生悬壶济世行医救人；有如白子画一般的琴人，琴棋书画诗酒花茶；有一心一意专注手艺做琉璃的人间贵公子；有逍遥派诗人和他的恋人一起携手仗剑走天涯。

人世间有人欢喜有人忧，但也有温柔的相逢。本书里二十二位人物，皆是上天的安排，让我得以与他们相识。能在生活中见到真正静下来过着风雅日子的人，着实不多，我很感激在这样的年龄遇见他们。

书中的这些朋友，都是我喜欢的人，他（她）们衣裳整洁不拖沓，神色淡然无阴暗，能容纳喧哗，亦能月下独酌。身在红尘却兀自珍重，不巧辩，不闪烁，不瞻前顾后，对人亲和说话却有分量。

人和人之间想要保持长久舒适的关系，靠的是心性和吸引，身边能够有润物细无声又浩荡如山的朋友相伴，是我的福气。唯有不断地自省精进，才能更好地爱人。

成年人的社会拼命教我们明哲保身，但总有人孜孜不倦，自带光芒。书中笔下的人物各有所长，都在尘世中坚守着自己的初心，他们在有限的生命里一直在探索自我，敢于在繁华世间坚持做纯粹的自己，用一身技艺赢得他人的尊重。

愿你能遇见提神解乏、慰藉人心的引路人；愿你能见到这青草蔓蔓、清风暖阳的山河；愿你和我各安其道，能照亮彼此，做一个心有远山、安于当下的人。

感谢北京英拓创文出版团队对我的信任和支持，感谢读者对我的关注与鼓励，感谢家人和朋友一直在我身边。因为有你们，这本书才得以面世，可以面向更多的人。

做好自己，自然能让他人喜欢你。

一个女子能长久行走天地间，靠的并不是美色，而是自身能量的聚集和人格魅力的散发。此生我要做有魏晋风度的姑娘，真名士自风流，和他人相遇彼此平等，坦诚真实。

自认为，一个女子的美在于现实中仍有自己鲜明的笃定，从大局而不逐流，无须任何讨巧，由内而外精光内蕴，仍能很迷人。

我希望成为这样的姑娘，和好朋友在一起天真烂漫，性灵活泼；遇见难关和困难能大气磅礴，从不畏惧；在生活中能雅俗共赏，更能洞见深邃；拥有细腻又炽热的梦想，有彼此深爱喜悦的人。

每个人生活状态的呈现都有不同程度的取舍，除了你看到的，我们还得踏踏实实地去做，但仍要相信所有的光亮都在跋山涉水为我们而来。

平生写字慰一梦，天涯见故友。我会努力按照自己的节奏生长，无论生活洪流如何，不紧不慢，不疾不徐，走马于烟火之中也能不艳不淡，一脸清媚。

不管生活是艰难，还是活色生香，我只盼着青山不改，故人无恙，你依旧坦坦荡荡的清亮。

眼下，白茶清欢无别事，我在等风也等你。

露茜女子

丁酉年 夏至

愿你不负天地
辽阔高远

愿你不负天地　辽阔高远　003

料青山见我应如是

如是医庵/004
愿得一人心　白首不相离/007
她珍藏着那颗滚烫的医者仁心/009

如是医庵

我最早对终南山的印象,源于金庸先生的小说《神雕侠侣》。在他的笔下,终南山成了杨过与小龙女绝美爱情的见证地。

天下修道,终南为冠。从终南山的翠华山往下走,在一片葱郁的山林中,一个院落立在半山腰,一个清雅的女子和她的爱人在这里依山而居。

这对隐居的夫妻正是梵山与如是,他们为自家的院子取了一个名字,名唤"如是医庵"。屋前栽花,屋后拥竹,一推开门就能见到青山。

如是出生于中医世家,临床医学专业毕业,她曾在陕西省渭南市一家医院做过医生,悬壶济世,治病救人是她此生之责。

工作数年,如是曾见过盛极一时人声鼎沸的场景,也见过众人为父为母日日为柴米奔走。她忽而觉得人生大半时间为俗事生计所累,内心升起要回到青山绿水的念想。

2013年,她与爱人梵山双双放弃稳定的工作,靠着之前奋斗积攒下来的钱,到终南山租下一处院落,带着女儿子兰,还有两只名叫"药童"和"紫苏"的狗儿相伴在终南山,平日里采药熬药治病救人。

最初产生隐居的想法,是因为如是的父亲患上了尿毒症,让全家人陷入了痛苦绝望之中,能来终南山跟她父亲的病也有很大关系,父亲的疾病让她学会了要惜取当下。一个人唯有圆融内化自身的悲伤,不绝望放弃,以珍重之心才能安妥落落于这个多变的世间。

2015年夏天,他们夫妻二人接来了双方的父母,还有自己的妹妹妹夫一家人。如是说一个人幸福是空谈,两个人逍遥是短暂,带上家人到终南山一起粗茶淡饭,才是光阴静守。

我见青山多妩媚,料青山见我应如是。乙未年秋日,作家雪小禅在终南山的如是医庵举办禅园雅集,我特意前往终南山,与她们相见。

在终南山我终于见到了如是。有些人在字里行间隔世相逢,见面之后却是入眼入心,再也不能相忘。

见到如是,她不施粉黛,眼神干净清洌,虽不夺目耀眼,却让人突生一股月白风清之感。一袭棉麻天青色长裙,如一朵清淡之莲,一个轻轻浅浅的微笑,如梅花有暗香袭来。

她静时如汉代女子清雅柔美,笑时如关中女人爽朗旷达。第一眼看到她,我如同见到了一个多年的故人,是那样相惜难忘。

朋友之间达到内心的共情同悲才是最好的情意,人与人唯有相互投契方有话可说。此生有互相指引的好友,有喜欢做的事,能同浣旧容,同濯此心,已是我们的福报。

到了终南山我与万物安然同在,只觉得云深日长,秋意阵阵。

如是的院子里有很多坛坛罐罐,随处可见花草。一枝花,几册书,干莲蓬,放在老旧的桌案上就有了颇具禅意的意象。那些朴拙的器物,有着时光的况味,随意插上山间的小黄花,自有一番清雅。

我喜欢他们家的院子，偶一抬头，便能看到山光水色和寒林叶落，归来时正值黄昏，天光如此撩人。在这里没有那么多条条框框，也不必墨守成规，能自如喝茶读书，也能谈天说地。

山上的早晚有了微凉，清晨如是的母亲做好了早餐，有陕西臊子面，有自家包的饺子，有刚蒸出来的玉米，一家人在雀鸟嬉闹声中其乐融融的吃着早点。人世多少心机，多少聪明，都不如我们这样踏实入地地活着。

夜晚见深山一弯月，一床明月半床书，我就着月光而眠。

愿得一人心 白首不相离

每每看到如是和梵山的照片,我都会为这一对爱人而喜悦。他们夫妻身上的气息非常独特,他霁月清风,疏阔男儿;她白衣清雅,美好如画。

平日里,俩人在终南山替人看病,采药种药,养植花木,淘一些老物件,对着青山绿水一起终老。我想,爱情应该就是这样吧,彼此你懂我惜,两情相悦。

愿得一人心,白首不相离,这是世间女子深闺里最朴素的愿望。梵山与如是站立在一起,白衣蹁跹飞扬,相视温柔一笑,他们夫妻已到中年,在俩人的身上,我看到了岁月里的沉着练达和情意绵绵。

如是想要隐居山林,梵山便陪她一起回到山中;如是想要上山采摘中草药,他便做她的助手;如是想要做药酒和仙露救治更多需要的人,梵山就替她跑腿干活。

她是一个胸怀仁爱的医女,也是心系儿女情长的小女子。她能够得到这个男人的真心和呵护,这样的爱情多么让人温暖,两个人得以相见相守,最终不过是给予一个天地。

在如是的眼里,梵山是一个有趣的男子,会修理草坪,耐心种花,亲手修缮庭院。一个经历过繁杂世事的男人,却如此风清月朗。

她的生命中除了救死扶伤的大爱,也有相伴相守的小情。梵山身上所穿的衣裳,都是如是为他设计制作的,她贴心去关爱身边的爱人,为他做琐碎的小事。一个女子能有最诚挚的友情,最真心的托付,最宽容的通透,这样的伉俪情深怎不叫人喜爱呢?

这尘世终究浩瀚,你我风尘仆仆奔赴在邂逅与相爱之间,如斯幸运。心怀珍惜,扶持前行,是对相爱最大的诚意。

如是和梵山,便是我心里认为的神雕侠侣。此刻,这对夫妻想要拥有的不过是一方院落,你在轩窗下为我画眉,女儿在山间嬉笑追着花丛里的一翩蝴蝶。

她珍藏着那颗滚烫的医者仁心

前年,他们夫妻二人隐居终南山的故事上了各大新闻头条之后,有人羡慕,有人说作秀,还有人说他们是有闲钱才来终南山效仿隐士。

她一直说自己过的只是山居生活,并不是所谓的隐士。有时我们看到他人的生活多么美妙,但背后必定有别人看不到的付出。人各有志,有人喜欢,自然有人不喜欢,不必苛责别人怎么看待,平静、达观、开阔才是医者的态度。

与传统的隐居生活不同,如是和梵山并非为了躲避都市的热闹而隐居终南山,而是人到中年,是非黑白已能明辨,恩恩怨怨亦能放下,再加之他们有生存的能力,可以自主选择回归山林。

当你的心足够丰富,应给予和分享,并感激那些愿意接受的人。他们夫妻所怀的是一种"吾心安处便是家"的情怀,城市与山林对于他们都一样,不过是心灵的一个据点,"如是医庵"就是一个给予和容纳的家园。

她在人情世道中珍藏着那颗滚烫的医者仁心,在理想和情爱里的兜转进退,最终愿为一人,愿为医人,跟随内心,有始有终。

如是除了治病救人,还会做很多手艺活。亲手为孩子做过虎头鞋,为爱人梵山设计制作禅衣,一针一线里藏着一颗柔软的女儿心。她还会手工串珠链,会鉴定珠宝玉器,不仅如此,她还会唱陕西秦腔,一曲《断桥》从院子里飘到山间,清清绕绕地入耳。

山居生活,不仅让家人生活祥和,精通中医的她通过行医治病,为山里村民和远道而来问诊的病人缓解病痛,还教会当地村民一些简单的医疗知识,有些人家日子过得苦,如是夫妇还常常免费送给他们一些药品。

经常一大早山民会在"如是医庵"门口等着看风湿病,如是的医术对他们是免费的,在山野中悬壶济世减轻他人疼痛,更让她心安,她有着一颗最淳朴的医者仁心。

为了福慧更多的人,如是开始养了仙露。

"如是仙露"为养酿之母液,是用终南山深泉水、雪水、露水养酿千年活性太岁肉灵芝而成的溶液,甘甜似泉,纯净如水。内服可以冲茶冷饮,外用可美白祛皱,还可以抗过敏和治愈晒伤。

做饭打扫,种花养草,医治病人,上山采药,养仙露酿药酒。这是如是与梵山的日常生活。

苍松翠竹真佳客,明月清风是故人。这里朝阳熠熠,鸟儿啁啾,每天都是从晨光中醒来,日常用水是夫妻俩用水桶担回来的山间清泉,平日饮食的蔬菜皆亲手劳作所得,她心中了然山居是福。

闲时如是会和梵山携一壶一杯行于终南山中,山头云雾遮绕,群山青翠拖蓝,白鸟忽飞来,点破一山翠,朦胧山谷落杯中,俩人此时当与天地共饮此杯。

如是在微信里时常会记录终南山的生活:"医庵的清晨,从爸爸的唠叨声中开始,紧接着是狗狗的叫早声。早餐很简单,馍夹辣椒。山里的睡眠只需 5 个小时便足够了,大长工昨晚深夜回来,和山民小酌了几杯,死赖在床上。他忘记刷牙,被如是狠狠骂了。"

这样亲切自然的文字,仿若终南山的草木溪水早已与她融为一体。山林久居,越发觉得山水情真,此乃她的肺腑之言。

很多人心中或多或少都有一个归隐的情结,无论是"小隐隐于野,中隐隐于市,还是大隐隐于朝",只要发自内心的意愿,保持清净幽远的心境都好。

何为真正的"隐居"生活?

是纵然你偏安一隅,仍可以追风逐马,对酌青山。是需要你在各种情境下,仍能持有安静看花的心意。

是纵然你前途依旧未卜,心却可以向万里山林远游。是人世间固然总有不尽如人意,只是见美见好时,你更应珍重。

周国平说过,老天给了每个人一条命,一颗心,把命照看好,把心安顿好,人生即是圆满。

我将如是和梵山隐居终南山的故事写下来,不是为了让大家去效仿。禅意或文艺的生活可以向往,但不能为自身的责任和压力找借口,每个人的状况和特质不同,走好自己的路即可。

世道既有人心诡谲,更应有良善仁爱,无论是朗朗乾坤,还是昭昭日月,只盼你在阅尽人世现实之后,依然做一个眷恋晨露与晚霞的人。

向苍天借一件袈裟

半生激荡　半生空门/014

不是将军也断头/016

放下你　非我薄情/018

行云流水一孤僧/021

半生激荡 半生空门

这是丙申年的秋日，一大早，乾明寺的蜿蜒小路上，已经有前来拜佛的香客了。

乾明寺在湖南常德德山孤峰塔之下，始建于唐朝初年。2001年，现任乾明寺住持明禅大和尚以仿宋建筑风格按唐代乾明寺的规模恢复重建，院内桂花盛开，葱青古树，静谧清幽。

在乾明寺居住着一位传奇的出家人。他曾是军人，也是出家人。70多年前，他是浴血沙场的抗战军人；70多年后，他身披袈裟潜心修行，并为战友超度亡灵，他是释来空大师。

丙申年中秋节过后，在清浅姐的带领下，我在乾明寺的一居僧房里见到了94岁高龄的来空大师。蓦然一见到他，真会令自己怔在原地，久久凝望直到眼睛湿润。

虽然谋面甚晚，但我不以为憾，当来则来是想挡也挡不住的，这恰恰说明了我与来空大师的因缘。

此时，他坐卧在床上，床上的折叠小书桌是方便他生活起居时用的。因为年岁已高，老人家大多躺在床上，偶尔身体状况稍好的时候，会由照顾他的居士推着轮椅在寺庙的佛堂里念大悲咒或者是上早课。

见到我们时,来空大师双手合十,这样自然随和的见面,让我心安。在他的眼神里,他洞悉光亮,也深晓历史幽暗。

年老的人贵在身上有静气,仿若暮色四合,而你看到的不是暗下来的天光,而是扑面而来的沉敛与安祥,他看着你的神色一切都是淡淡的,却有安定的气场,仿若无限人生况味深藏内里。

真正的高僧大德,非常平和随顺,是让人欢喜自在的。

不是将军也断头

1922年的冬天,吴淞出生于湖南省长沙市一户普通家庭。一方小的庭院,一个稚嫩的少年,有孪生哥哥的陪伴,有父母温暖的呵护。

1937年卢沟桥事变爆发之后,日军直逼长沙,城里四处张贴着"有钱出钱、有力出力、共赴国难"的标语。整个长沙的百姓同仇敌忾,都在为战事贡献着一己之力,穷苦的人力车夫将一天挣的几个铜板投进募捐箱,太太小姐们也摘下随身戴的首饰捐了出去。

"男儿若论收场好,不是将军也断头。"当时还在上初中的吴淞意气风发,也希望投身革命。他有一身硬骨和磊落胸怀,性格爽朗如秋阳,为了革命他毅然卸下学生装换上戎装,瞒着家人报了名,成了驻防河西岳麓山下税警总团的一名士兵。

当兵的第五天,他便随部队赶往贵州。白马寄情而行,奔腾而去,只为了天下百姓都能看见山川清明。

送他走的那天,母亲哭成了泪人。为人父母的美好愿景,总想让子女脚底都是祥云,一生顺风顺水,她想一辈子护着这个孩子,却知晓造化弄人,漫漫人生路终究要由他亲自去走。离别的时候,他向母亲敬了一个军礼,就再也没有回头。

1943年吴淞从黄埔军校毕业,他到部队打的第一仗就是常德会战,那是他人生中经历最为惨烈的一场战斗。

1943年秋天,日军为牵制中国军队对云南的反攻,切断通往川黔的陆上交通,出动了9万人进攻常德。当时日军包围常德,形势危急,吴淞随部队抵达时,常德城被呛鼻的毒气笼罩着,炮火肆虐,全城成为一片火海。

战斗打得十分惨烈,日军的战机飞得很低,吴淞只听到子弹"嗖嗖嗖"飞过耳边,四周都是枪炮声。他们从早上6点开始,打了整整12个小时,德山被攻克后只有一片死寂。

"还有活着的吗?"从死人堆里爬起来的吴淞,擦了擦脸上的血迹,对着满是尸体的山头喊着,但没有人回答,硝烟弥漫的阵地没有人声。

后来等他清理战场时,他所在的营仅剩下3人幸存。常德会战结束后,全城都是战死的官兵,很多士兵的尸体只能就地掩埋,吴淞的战友们就埋在乾明寺后面的山头上。

随后的一年他又参加了第四次长沙会战和衡阳保卫战,作为幸存者之一,释来空大师回忆说:"我谈不上是英雄,不过我尽到了责任,面对战争我没有逃避。"

生不逢时于民国战难时代,社会的剧烈动荡,使之乱象频生。革命,从来不是一个人就可以孤身挑起的重担,可是革命却是他生命的火花,支撑他内心火花跳跃而明耀的,是他胸中那永远沉痛的战友之亡。

放下你　非我薄情

抗日战争胜利之后，吴淞带着荣誉归家时，却得知他的孪生哥哥吴赞先被日本军害死了。他的哥哥本在地方铁路上工作，后来加入抗日武装，在敌占区破坏日军铁路时被捕，日军给他打了细菌针放他回了家，没多久哥哥就暴病而亡了，那时家里只剩下父母和吴淞。

国民党退败台湾前夕，有人问吴淞是否愿意随军退守台湾，"我走了，父母怎么办？"为了照顾年迈的父母，吴淞没有去台湾，他选择留在生养他的家乡湖南长沙，找了一份办事员的差事。

战场固然能让一个男人雄心万丈，但对着一个女人的百转柔情才是真正的轻松自在。抗战胜利后，吴淞在南昌和一名护士结了婚。

初嫁的日子，温情而美满，那该是一生中最轻快的时光吧。她在月下替他缝补衣裳，他在床榻上为她暖好被窝，新婚燕尔，贤妻温良，任谁看了，都道是天赐良缘。

那一年，也曾携手赏月，也曾小炉烹茶，看月上林梢风生衣袖。他坦荡男儿，她温柔贤淑，俩人意趣相投一起絮叨家长里短，也谈论家国大事。他自有她，便有家的温暖；她自有他，纵然布衣菜饭，依然可乐终身。

再平淡的日子，也因这样的两情相悦变得温馨；再简单的小事，也因这样的懂得而变得绵长。乱世虽有纷争，却抵挡不住他们对彼此的一往情深。

可是时光怎说得清楚，不落痕迹的，还有那命运翻云覆雨的手。动荡不安的年代里，没有人能幸免于难。

到了1959年，因为自身的"历史问题"，吴淞被关进了监狱，那时他已是6个孩子的父亲，这对于妻子孩儿来说，天都快要塌了。

他的心中本有万里晴空，却不见翩翩鸿雁，只能关在小小一方监狱里受尽磨难。吴淞唯一放心不下的，是他那年迈的娘亲，温柔的妻子，还有可爱的孩子们。

服刑期间，因为监狱管理严格，家人来探监的机会并不多。有一年秋天，吴淞正挑着担子干活，抬头看见了母亲。她走过来，眼睛里噙着泪水，母子面对面坐了半小时，却一句话都说不出来。

入狱后，吴淞向妻子提出了离婚。她开始不同意，他对她说："你还年轻，大好的岁月不能跟着我吃苦，不然我会心疼的，你必须同我划清界线，我才能保住你还有孩子们。"

他生未卜此生休，恩爱夫妻不到头。可惜那执子之手与子偕老的美好愿景，还是被岁月给辜负了，情深不寿最是让人心碎。

放下你，并非我薄情。他有着对妻子最深厚的爱，可他只是拼尽全力想要保护她和孩子，吴淞的心里是一片坦荡荡的情深，那情深是兵荒马乱毁灭不了的明亮与赤诚。

山河动荡不及心底的波澜，百转千回之后他依旧无悔。或许多年以后,他可能记不太清初见时那个明眸皓齿的姑娘,但永生记得这份慨然而坚贞的情意。

悠悠百年,自有能辨之者。经历了民国、抗日战争、解放战争三个时段,吴淞得以"苟全性命"已经是传奇。

翻看着他的相册,我会遥想当年,他少年情怀,不贪吟风啸月,毅然投奔战场冲锋陷阵,那是何等慷慨激荡。

吴淞与妻子1946年5月26日摄于南昌

行云流水一孤僧

出狱之后,他看着天地已换了人间,不知去往何方。他不允许自己狼狈地度过余生,于是几度寻觅,终寻到了灵魂的归宿。

发丝纷纷扬扬落下时,吴淞变为来空法师。所有的激烈、铿锵、悲戚、离散和苦难都已成过往,从此之后,他对一切都有了新的阐释。爱,不再是俗世之爱,而是慈悲之爱。

他走过风流倜傥的锦瑟年华,一生鸾飘凤泊,屐痕处处。而后犹如落叶归根洗尽铅华,回归自我与本心,最终渡到彼岸。

契阔死生君莫问,行云流水一孤僧。战场让他雄心万丈,爱情让他体味家的温情,监狱让他坚持信念,佛陀使他一心所安,每一步他都用力、用情、用心地在走。

1998年吴淞在常德石门县夹山寺剃度出家,法名释来空。而出家抚慰了他这颗伤痕累累的心,至此,来空大师一洗铅华,笃志苦行。

2010年,在得知乾明寺修复的消息后,他就立即来到这里,因为这里埋藏的恰是常德会战时死难将士的无碑墓群。

在乾明寺,每天清晨来空大师都会起来做早课,念诵《大悲咒》四十九遍为战友超度亡灵。他曾说:"我会以这里为归宿,与长眠在此的战友在一起。"

向苍天借一件袈裟,看过人间水远山长。他分明是战争年代的亲历者,却总有一种不动声色的笃定和平和。

从骑马拿上枪杀到战场,再到囚犯生涯的动荡起伏,翩翩少年军官忽成青灯黄卷终老一生的僧人,两段人生轨迹似乎两重天地,在他却似乎是必然。

不为自己求安乐,但求众生得离苦。佛即是心,心即是佛,在自己选定的道路上,来空大师执然而精锐地修行着。

观其来空大师的一生,前半生为了国人,后半生为了修己。

一个有担当、有情义、有抱负的少年军官;一个从牢门地狱里出来的犯人再到潜心修行的出家人。他半生激荡,半生空门。

来空大师一生光明磊落,潇洒飘逸。他并不是要当什么高僧大德,真实如他,不过是为了自己的心罢了。

"世事万物,无处不道。隐于山林为道,彰于庙堂亦为道,只要其心至纯,不作违心之论,不发妄悖之言,又何必执念立身于何处。"《琅琊榜》梅长苏一言,同样也适宜俗世中的我们。

身处何方并不重要,无论外界喧闹与否,救众生离苦得乐也好,自得圆满也好,都是一种自得。

我拜别来空大师,乾明寺廊下的银杏被风吹落,秋凉已起。离去的时候,整个寺庙里传来大悲咒的曲声,由低沉转入宏亮,由铿锵转入苍茫。

一切有情,都无挂碍。

2017年8月1日,我得知来空大师因病去世的消息,有一瞬间的悲怆,想到之前与他只有过几次短暂的相见,竟再也不复了,只觉空落落的难过。

这一天,我去了乾明寺往生堂给来空大师磕了头。闻诵经声声,遂立堂前,俨听良久,若会抚琴,这一刻只想抚一曲《普庵咒》。

我知晓一切如梦幻泡影,生之尽矣无需太忧伤太认真。在乾明香堂,耀观师父一直和我说起来空大师的往事,不胜唏嘘,忆往事眼泛涟漪,一时又无言。

后来听闻来空大师的遗体火化后会埋葬在常德乾明寺,永久陪伴牺牲在此的战友们,心下也为他万分欣慰。人世间行过一场,若能无悔这一生,未曾辜负付出之所及,大抵也是完满的一生了。

日子似星辰划落,人去如灯灭。这样也好,他阅尽沧桑世事之后,绝尘告别人世。只盼来生能与他对坐榻上,清斋茶话,听他讲述年少顽皮扰人清梦的趣事,以及浮云缥缈共人间起舞的种种。

天命无怨色,人生有素风,这一世他终归不负男儿身。

愿你不负天地 辽阔高远 025

一袭素衣调香更调心

同道中人终会相逢/026

岁月有意身心可寄/028

只有清香似旧时/031

远离热闹 不离人间/033

吃用皆天然/034

同道中人终会相逢

我第一次见到她,是在乾明寺,正值丙申年的初冬。

常德乾明寺里林木掩映,雀鸟相鸣,有出家师父三三两两走过,也会见到香客们烧香祈福,或为亲人还愿,这里的空气有湿润的树香草香,山间晨雾飘然。

清浅穿着一袭蓝色汉服斗篷向我走来,她的身上有一种古意,飘逸清奇,风满襟袖,目光澄澈宁逸,有一种隔绝尘世的寡静与清绝。

心性美好的人,必定会吸引同心性的人。她不追名逐利,不慕繁华富贵,整日与香为伴,她隐居在寺庙里将自己活成了最美的仙子。

清浅是湖南人,从小身子就不好,常年体弱多病,家中亲戚常说她就是林妹妹,态生两靥之愁,娇袭一身之病。

因为身子柔弱,童年时小朋友不太爱和她玩,这使得她从小非常信赖母亲。小时候这些际遇,也让她变得敏感和多愁,时常一个人躲在角落里静静地与内心对话。

后来从学校毕业之后,清浅开始学中医,年轻时也开过打印社和养生馆。当时的她文艺腔调浓厚,心气也高,也曾一个人背着包走天涯,或是喝着咖啡发呆想着心事。

清浅现在回忆都觉得当年的她太矫情了。她也曾气象峥嵘地爱过,放肆过,努力过,迷茫过。可能人生当中总有一段弯路让你走,事过之后才能释怀。

因为爱茶,所以习香。七年前,清浅恋上茶舍的安静,经常在茶舍与友人喝茶聊天,在喝茶的过程中接触到了沉香,她开始对香道怀有难以言喻的情愫。

后来她有了机会学习茶道,更喜欢上了香,为此,她专赴上海参学拜师用心学习香道。

闻香、抚琴、览书、习字,古人的优雅是以意境取胜。在功利盛行的当下,对意境的追求,是最珍贵的奢侈品。但总有那么一些人,愿意以己之力守护着古人之意。

岁月有意身心可寄

2015年清浅在乾明寺开了一家香堂,她整日在寺庙里调香、喝茶、抄经、读书、禅修。从她的脸上我看到的是温婉宁和,月白风清,以及看淡人世的平静无澜。

兰之猗猗,扬扬其香。清浅食素多年,整个人看起来清瘦,但是眼神里有光,她的素雅清幽就像一朵兰花,起初只是不经意地一点点绽放在你眼前,但是接触多了却越能感觉到她的幽香彻骨。

她的美不在皮相上,而是美在骨肉里。她有着修行人的气质,那是如沉香一般沉静澄明的香气。

清浅一直遵循着人生最要紧的是自己喜欢什么,能做什么。每日早起打坐诵经,上午在香堂焚香饮茶清坐,除尘洒扫,中午时在寺庙里吃斋饭,下午抄经习字,调制香料。

香堂里,若无友人来,她一个人盘坐闻香也能度过漫长时光。若是有友人来,便拿出好茶,一落座,给香友递上一杯淡茶,和一个温和的微笑。随缘入世,没有清高与自负。

寺庙里隐居的日子,清心安己,养身调心。这些年下来,她的身体好了许多,也心静异于常人。

一个人住寺庙,会孤独吗?

她笑而不语,她说在香堂接触到的都是志同道合的友人,不用说自己不想说的话,不用刻意经营人际关系,不眼红别人,也不抱怨自己,她很喜欢当下的生活。

一个人的沉沦、悲喜、正邪都是由心决定的,世上安静之人不多,能知晓自己内心之人更是少有。很多女子自恃才情,总有禁不住展露锋芒的时刻,清浅难得在于,她默默在寺庙里守住一片净土。

寺庙的旁边有一座孤峰塔,塔下有小溪流,还有乡亲种的菜园,闻着花香与瓜果的香味,溪声、鸟鸣、茶香、山野的清欢陪伴着她,她整个人也有了清香,好像是从骨子里沁出来的。

人间万事消磨尽,只有清香似旧时。晨起听钟,月下闻香,僧庐听雨,山林喝茶,天地有醍醐在其中,这才是岁月有意身心可寄。

只有清香似旧时

清浅隐居寺庙一大半的时光都是用来调香。她告诉我,打香的时候,重要的不是技巧,也不是力道,是心要静。

一炉香,一缕烟,既可静思,又能洞察梵烟缥缈。

"插花、挂画、焚香、点茶"是中国四雅。自古以来,香道本是王公贵族漆桌旁的侍者,也是文人雅集中的上宾,而香味,是一种抽象无形的东西,是一种令人感到愉悦的"气"。无论是茶道还是香道,追求的都是阳明心学的"知行合一"。

心无挂碍,满目清凉。行香之人,需要心静心定,如此才能静观内心,修己修心。

人生逆转,有时缘于转身,有时缘于转念。这个社会本身是不浮躁的,其实是人心浮躁,才把问题归结于整个社会。清浅内心很明白自己要走的路。

自开始研习香道以来,她的香堂以沉香文化为主,以健康美好的香料为依据,通过香语的表达,将人与香器的运用融为一体。

即便是日常生活的行为举止,也应该有着古典文化的美学。

清浅常说人应对世间万事万物有一颗敬畏之心,在这种心境下做什么事都是修行。她一直遵循古香之道,领悟香之真意,纳沉香之内敛沉静悠远,之志而香馥四方。

香堂的入口设了一个佛堂。清浅四年之前皈依了佛门,是一名在家修行居士,乾明寺现任住持明禅大和尚为她取了法名耀中。

她信奉的是禅宗,禅宗是佛教的一个分支,在她看来禅宗就是清净无为,观照内心。

有时朋友们也会为清浅担心,你在寺庙开香堂能挣到钱吗?人本身是需要金钱才来养活自己。

"在这里吃穿用度用不了多少,吃寺庙里的斋饭,用自己调制的护肤品,没有过多的欲望,也就没有了不必要的花销。"

对金钱的态度,清浅从来不过多担忧。她不拘泥,不紧张,有则有之,无则努力之,没什么大不了。

她觉得,佛教不是让人不赚钱,而是告诉人用什么心去赚钱。

远离热闹 不离人间

在清浅身上,对修行的虔诚与对俗世的热爱并不矛盾。

香友来时,她也会和大家聊世俗生活,婚姻、家庭、孩子、美食,最近听的歌和看到的新闻。

她时常说:"佛陀教我们度化众生,但并没有教我们苛求众生。每个人都有自己的成长规律和生长环境,需要理解,也需要尊重,随顺大家就可以了。"

在她看来,信佛不等于禁欲。不脱离大众,不与世俗对立,但又能够超越人之常情,这才是真的修行。

清浅每年都会去一些寺庙禅修,对于她来说,隐居在寺庙里,这里空灵寂寥的环境,也许不是必须,但却肯定会是修行的助力。

香堂在某个时节也会组织香友进行免费抄经共修活动。香友们有着不同的职业,有生意人,有上班族,有全职妈妈,还有的香友带着家人和孩子来抄经。

经抄完了,她煮好茶,与香友们一起闲聊,既不喧闹,也不寂寥。

除了抄经,香堂也会组织香篆打拓和手工香珠香牌活动。来这里都是一群喜欢香的朋友们,大家一起做手工,一个白日便过去了。

清浅开香堂,不只是谋生,而是她对这个世间最深情的表达。

吃用皆天然

清浅有一颗柔软的心。她平常也会坚持放生,寺庙里常有人丢弃的野狗和流浪猫,她也会捡回来,养在寺庙里。

有时香友们会心疼她,从市里驱车过来为她带一些水果和吃食,春天有苹果,夏天有西瓜,秋天有桔子,冬日有柚子。她宁愿自己少吃一点,也会替收养在寺庙里的小猫小狗留着。

她希望世间万物都有人来疼爱。

忙时认真踏实,闲时自在随意。乾明寺随处可见的花草,被清浅折下用来插在花瓶中。

她时常在打扫院子时,会发现墙角处的爬山虎,也会拾起从树上掉落的树枝,她会小心翼翼地将其移进瓶里,希望这些花木能适应这温暖的归宿。

具有柔软心的人,即使面对的是草木,也能与草木至诚地相见。

她的微信里时常记录在寺庙的生活。她写道:"斋堂阿姨们刚炒出锅的盐菜饭。在这些许寒凉的雨天,满碗人间烟火香。"事物有多美好,便越觉得"日长如小年"真是细水潺湲般的妥帖描述。

心地干净地爱人,读看似无用的书,吃干净卫生的食物,不制造不必要的麻烦,正是清浅一直遵循的善念。

清浅常在寺庙采选花草,根据各个季节的鲜花提炼纯露,因为用心与良心,花水比例严格按专业完成,效果甚好,有时供不应求。

吃用皆天然,草木山水早已与她融为一体。

她动手做古香方八白霜,用白芍、白茯苓、白芨、白芷、白蔹等物提取,能美白润肤。她还自制花露水、古香方螺子黛、古方鲜花口脂,用香方调配出来的防痱驱蚊水等。这些纯天然手工制作,自然要比他人更用心。

夏天时节,她还自己动手做一款荷香茶。

晚上用一个小纱袋盛些茶叶,轻轻将莲苞的花瓣拨开,把茶叶袋放到花心上,然后让花苞自动闭合。第二天早晨,莲花开始绽放,而在花胎里熏了一夜的茶叶袋也饱沁莲芬,用袋中的茶叶泡茶,具有独特的"荷花香韵"了。

大概喜爱这些美好事物也是对生活的一种"酬钱",是一种庄重与珍惜。用心生活的女子,到哪里都美。

依着时节生活,清浅会看见雨下,有雨露恩泽的欣喜;晴朗起来,则欢呼雨过天晴。她说,当人懂得用悦纳之心去看世事时,当下的日子就是愉悦的。

相由心生,内在存在什么样的心念,外在就呈现什么样的状态。清浅她不是风华绝代的女子,但她以自己的方式自成一派。

这些年下来,我们如亲人,相知相惜,合心合意,她是我生命中极为重要的人。每次和她在一起,心内种种对她的情意,一如旧时。

生活最终不是活给别人看,也不是羡慕别人怎么活,而是修炼自身。无论将来怎样结束,唯愿我们始终相见欢喜,相待有情。

愿你不负天地 辽阔高远　037

不负京戏不负卿

粉墨人生识我意/038

未知歧路有风尘/040

不疯魔不成活/043

从青丝到白发　度过余生/046

苦海回身　早悟兰因/048

粉墨人生识我意

与邵老先生的相识,一切起缘于戏。

我国历朝历代,唱戏大概是最寻常不过的喜庆方式了,上自皇亲国戚下至乡野村夫,红白喜事都得唱戏,戏台上或昆腔婉转,或抖扇舞衫,甭管听不听得懂,那些夫人小姐个个拍手叫着好。

从小我就跟着母亲听戏,母亲是一名京剧爱好者,她最开始唱皮影戏,后来接触了京剧改学余派老生。小时每逢乡里过节祝寿,母亲拉着我一起看戏,有一回我也登过乡里的草台班子,临时扮演过《铡美案》秦香莲的女儿,一身素衣站于台上。那时年幼不懂得戏曲的美妙,只觉得好听。

在我眼里,京剧有一种特别的气息,无论是行头、唱腔、扮相都让我着迷。我们能从戏里浓墨重彩的华盖下目睹浮世繁华,更能从霞帔凤冠里捕捉悲酸哀凉,是谓浮生百转,世人千面。

母亲爱唱余派老生,我喜爱青衣程派。后来通过母亲认识了京剧表演艺术家邵云超老先生,而他的夫人醉玉凤也是京剧演员,我便拜他夫人为老师,跟着她学唱京剧程派。每隔一些时日,我会抽空看望邵老先生一家人,一起吃饭相聊,倾听他的从艺之路。

他从民国的旧时光而来,携着一生悲欢泪歌,这一辈子只干了一件事,那就是"戏"。他有英雄般的骨气,又有赤子般的真情,没有一丝一毫奴颜媚气,这才是一个为戏者应该有的节气,如清都山水郎,诗酒自放,又似老夫聊发少年狂,有着执着和坦荡。

我敬佩这样的老先生。

未知歧路有风尘

民国二十年（公元 1931 年），他出生于上海的梨园世家，父母都是京剧演员，从娘肚子里就听着京戏长大，从小耳濡目染，整天被包围在"戏"中，那时的他叫邵奎官。

戏台上胡琴声歇，余音缭绕，他看到自己的父母收回水袖躬身谢场，在后台玩耍的他蓦然就恍惚了。京剧就这样在邵奎官日复一日的观摩中浸入他的骨血，他将自己的一腔心事，全都付给了它。

可是生不逢时，在日军的铁蹄践踏下，奎官的父母带着一家老小仓皇逃亡苏北。为了糊口，从七岁起他就跟着旧戏班的师傅们打小锣，又跟着戏班子参加过不少抗日慰问演出。

旧时艺人唱戏，多为"跑码头"，这村演完，接着赶赴下一村唱戏。生活也是非常艰难，只能靠野菜度日。即便这样，邵奎官学戏练功始终没有懈怠，每天清晨起床，吊嗓，练念白，主攻文武老生和红生戏。

后来他跟着启蒙老师吴芳芝学戏，这一生就和京戏痴缠上了。正是入了梨园，他才看到有松风醉眠，有好鸟相和，有空翠摇落，亦人生快事也。

那时台上虽丝竹悠扬,水袖飘荡,台下却逢改朝换代,烽火动荡。

1940年秋冬,奎官的父母带着他们全家在盐城唱戏慰问新四军伤员,演唱了几天,吸引了很多老百姓看戏。有一天清早,他父亲从小镇上买菜回来一脸惊恐,说日本鬼子来扫荡了,让他们赶紧从后门逃,他的母亲带着兄妹几人拼命地跑,一场虎口逃生令他幼小的心灵中深埋下对日军的仇恨。

纵然乱世流离不知归途,可唯有京戏是邵奎官一生所爱。待到他17岁时,奎官嗑头拜别了父母,凭着良好的京剧基础进了上海和苏州的大剧团。他见到了梅兰芳、尚小云、荀慧生、盖叫天等京剧名家,并和他们同台演出,虽演的都是不起眼的小角色,但是他在这些艺术大家的身上开阔了眼界,拓宽了戏路。

有一回在苏州开明大戏院,邵奎官与梅兰芳先生同台,那时他只是一个小配角,想跟梅先生接近讲话的机会都没有。一次他得到了垫戏的机会,正巧到化妆室化妆,没多久梅先生也到后台来了,经过群众演员化妆室时,梅先生满面笑容给他们道辛苦,还一一握手,奎官的心里特别欢喜。

"梅先生不仅是世人景仰的京剧大师,而且他的艺德更让我们敬仰,有深厚的艺术修养,为人谦和,且极讲信用,又自爱而讲气节,他常说学唱戏,要先会做人。我母亲的老家离梅先生的老家只有二里路,他说我是他的小同乡呢。"在他的心里,梅兰芳先生不但是京剧界的领军人物,更是文艺界的一座丰碑,给邵奎官幼小的心灵打下了深深的烙印。

一个人的成就,就像姑娘脸上抹着的脂粉,待瓢泼大雨洗了油彩,方得见惊鸿一面。

得知盖叫天先生的大公子张翼鹏的猴戏独树一帜,邵奎官便主动求教,猴戏的技巧性很强,要有把子功,又要有毯子功,但邵奎官从不言苦,夏练三伏,冬练三九,哪怕这一练是以命相搏,他也要变幻成世人心中斩妖除魔的齐天大圣。

他是京剧界的"鲁迅",铿锵断语,刀砍斧劈,以横眉冷对千夫指之势学会了猴戏,给观众呈现了一个武艺高强、机智幽默的美猴王。

不疯魔不成活

电影《霸王别姬》里程蝶衣说:"咱们要演一辈子的戏。差一年,一个月,一天,一个时辰,都不算一辈子。"段小楼答道:"你可真是不疯魔不成活呀!"

每每念道不疯魔不成活,我整个人都沉溺进去了。人生的苍茫于许多时候被层层繁花似锦遮掩起来,一时半会看不见罢了,只道是卿本是繁华相,着落这人间苦捱风雨。

1957年,邵奎官的人生又有了一次重大的转折,京剧表演艺术家高雪樵正打算组建常德市京剧团,诚邀他参加,收他为入室弟子,并将他的原名邵奎官改为如今的邵云超。

除了繁忙的日常演出之外,他仍然没有忘记向师父学戏,师父高雪樵是京剧名家,在上海几十年曾和梅兰芳、程砚秋、马连良等同台演出。邵云超跟师父学演红生戏,演关羽,从手法之准,台步之精,眼神之威及戏情戏理的表达都得到了师父的真传。后来他独自一人闯荡温州时演的关羽形象不温不火,不怒自威,被称为"江南一把刀"。

京剧班社旧有"七行七科"之说,其中七行即生行、旦行、净行、丑行、杂行、武行、流行。而红生戏，一开始原指关羽、赵匡胤一类勾红脸的角色，由于多年来根据《三国演义》和民间传说所编演的关羽剧目甚为丰富，因此便把擅长演关羽戏的演员称为"红生"。

红生戏既不同于花脸，也不同于武生和老生，却需有花脸的功架，武生的功底，老生醇厚的念白和唱法。扮出相来威风凛凛，气宇轩昂。具有威严震慑之美感。因此红生演员需有花脸、武生、老生各行基础，功夫非常。

为了塑造一个有思想，有个性，有武功，有神韵的关羽形象，邵云超多次阅读《三国演义》，反复练习"关王十三刀"，深入剖析和表现不同时期的关羽形象，将刚劲、儒劲、猛劲、沉劲融为一体的关羽演绎得出神入化。

他能演文老生，红黑二净，武生亦能演，有时也演文雅小生。他演的老生做工戏也很受欢迎，如麒派名剧《徐策跑城》，由于他有扎实的腿脚功底，从头到脚都舞了起来，头套、翅子、髯口、水袖、袍带、朝靴一起舞动，堪称一流。

而到了20世纪80年代中期，常德京剧团宣布撤销，剧团解散之后他被安置在市供销社，一代京剧名家一下子变成了供销社社员，对于他来说，无戏不能活啊。

于是他卷起行李，跑到浙江温州搭班演出，一去就是十四年，到东南沿海一带演戏要经常爬高山，下渔岛，有时还要步行十公里，日夜连台演出，可是他只要有戏演，只要观众愿意看，只要听到锣鼓响，他就浑身来劲。

2003年，他已是古稀之年，这次回到了湖南常德休养，可是他一天也没休息过,回来后就成立了常德京剧协会,并被推为会长。无论酷暑还是寒冬,他几乎没有安闲过,总是不停地排戏,演戏。多年之后他带领协会票友三上央视戏曲频道《一鸣惊人》栏目,获年度季军。

他不诌上,不阿贵,悲怀积心却又素面待人,只将天地的激慨揉在心底,面对愈来愈显凋零衰败的传统戏曲,他跟同道艺人一起竭尽全力,支撑古老大厦的雕梁画栋。

有戏有梦,有情有义。从邵云超老先生的身上,我看到了这种可敬的文化传承。

从青丝到白发 度过余生

粉墨人生这一路上,邵云超唱了一辈子的戏,但最不可替代的,永远还是那个与他并肩同行分享悲喜的人,他的妻子醉玉凤。

夫人醉玉凤,原名叫邱定凤,同样出生于梨园世家,师从梅兰芳大师的入门弟子醉丽君并随师改名。他们俩在剧团相识,每次排完戏,两人眉目间分明有种甜蜜情愫在悄悄生长,他望着眼前这个顾盼生姿的姑娘时,就觉得岁月变得无限绵长。

1953年春,她与他结婚,走进了淳朴善良又清贫的夫家,她侍奉公婆,与姑妹情同手足,几十年没红过脸,成为真正心意相通的一家人。嫁入邵家之后她生下了五个孩子,在家相夫教子,与他患难与共。

她不仅自己要演戏,还要替他着戏装,勒盔头,递道具,送茶水,还及时地指出他在表演上的不足。无论在哪里,她都夫唱妇随,照料家中的一切事务,只为了让他安心唱戏。

可哪曾想,"文革"时期邵云超受到了不公正待遇,关过"牛棚"、游街、批斗、写检讨,一家老小差点折了生计。他本是一心为戏的男子,一心学艺的他不知自己究竟何错之有,那时他失去了生活的方向,只觉人生风落云散,他第一次有了弃世的念头。

其实谁人不知情事多磨,有困意沉沉,也有含泪强忍,但她宁愿接受有他的陪伴,也不能想象无他的日子有多庸常。

她日日夜夜在身边安慰他,"你是上有老下有小的一家之主,只要一家人平安活着,我们总有出头的那一天,就是熬,也要熬到那一天。"贴心贴意入情入理的劝慰,终于让他放弃了弃世的念头。

情爱大抵不过是瞬间的事情,唯有细水长流的情意才会持久。他不是舌灿莲花之人,看到为自己生儿育女的她,他的爱不会喷薄而出,而是缓缓流淌,从那以后,他成了风雪夜归时注定恋家的男人。

"文革"时期,由于他的工资下降,老老小小的八口之家日常生活捉襟见肘,为贴补家用,妻子醉玉凤带着孩子们锤砖渣、卖凉茶,不识水性的她还到沅江边的竹排上去捆扎竹子,江浪击打得竹排摇摇晃晃,想要站稳都难,更别说要把一根根分散的竹子捆扎起来搬运上岸。

瘦弱的她只能咬着牙干,任凛冽的江风吹得脸颊生疼,任锋利的竹梢划得双手伤痕道道,她也要赚取着二三分钱一捆微薄的工钱,干完一天的活,她来不及换下身上被江水和汗水浸透的衣裳,还要硬撑着为全家人做饭洗衣打理家务。

但不论外面风雨多大,很快他们就会枕着彼此的温度安然入梦,梦中见满眼山花如翡,如见爱人依旧。

情话一万句,不如同濯此心。这一生他只愿与她从青丝到白发,在岁月的幽深处一起度过余生。

苦海回身　早悟兰因

我曾看过他年轻时的模样，黑白照片中，翩翩风度里融进了一种儒雅的书生气质，简淡蕴雅，也不知当年迷了多少姑娘的春心。

86年的人生，喜忧参半。再回过头来看，邵云超心境犹如京剧程派名剧《锁麟囊》里的唱词："老天爷教我收余恨，免娇嗔，且自新，改性情，休恋逝水，苦海回生，早悟兰因。"

悟兰因，所为何因？

观其一生，其人其艺，其行其言，他得到过观众的万千恩荣与喜爱，也在"文革"时遭受无数谩骂和批斗，纵然戏剧舞台曾风光无际，他于浊世染缸里惊鸿照影，修身修己，过得纯粹明澈。

无论是爱是怨，他皆一般心肠，不附和，亦不回避，安然做他自己，与人无尤，有始有终，至情至性。

"一个人活到八十多岁，从出生那天起一路走来，要说多少话，干多少事，遭遇多少苦和累，只怕谁都难得记清了。但是我永远记得一件事，那就是一个'戏'。我是没长牙齿就吃这碗戏饭长大的，我还要为观众唱戏，一直唱到我没有牙齿。"

心事干净的人,能在起死回生后重拾那细微的美,在遇见生活的刁难时,将戏中的情意与道义皆一一唱来。纵使一世悲喜交集,他依然坚韧地站立在俗世中,活得足够尽兴,更对得起所承受的一切苦难。

后半生哪管风尘浊酒,还是粗茶淡饭,他一生离不开的是戏,不负京戏,更不负卿卿众生。

愿你不负天地 辽阔高远　051

只身打马入江湖

豪阔宏量　霁月光风/052
习武是与万事万物对话/055
只做自己的掌门/057
愿此生辽阔高远/060

豪阔宏量 霁月光风

从来没有想到,是她唤醒了我的侠女梦。

还是豆蔻年华的时候,我读金庸先生的武侠小说,也曾喜欢过清冷脱俗的小龙女,聪慧沉静的任盈盈,娇俏可喜的阿朱,善解人意的小昭,但对英气自如的女子更是见之难忘。

也曾憧憬过做江湖女子,与青衫侠者一路踏马而行,谈笑间生死一诺。也盼在深不可测的江湖,手持玉箫和长剑茕茕孑立于冰天雪地,不改良善之心。

武侠是我们心中求不得的渴望,是胸中一股浩荡气。这股气里,有年少的轻狂,有世道的变幻叵测,更有那心心念念不忘的侠客出手一刀,云破月来。

武侠对我来说,大抵就是这样的存在,用来填补我心中的绮梦。

认识娅绮,缘于终南山如是姐的推荐。竹林深处,一袭白衣素雅利落,一柄长剑,剑锋萧萧。她剑眉微蹙,剑势倏忽而起,一个武学世家女子的果敢英气,尽在神情里,自有一种顾盼遗光彩、长啸气若兰的风姿。

这一出场就觉得她很像电视剧《琅琊榜》里的霓凰郡主,梅长苏用"豪阔宏量、霁月光风"这八个字来形容霓凰,在我的心里,娅绮姑娘亦当之无愧。

从小出生于武术世家的毛娅绮,"江湖"这两个字就很吸引她。在她幼小的心灵里,江湖是名剑风流,是戎马倥偬,是山川河流黄沙碧海,在那里,江湖儿女不拘于礼法,不囿于俗务,所作所为发乎于心,寄乎于情。

以前娅绮偶尔看武侠剧,幻想自己修炼成绝世武功,潇洒闯江湖。也幻想会不会遇到如杨过和小龙女般的神仙侠侣,即便自己不拥有那样的情意,看一看,也就相信了。

长大后她才发现"有人的地方就是江湖",大多数人的武术,或是混口饭吃,或是图个乐子,而江湖中的人来人往,也未必如武侠剧里面那样理想。人们爱看武侠剧,大概就是因为武侠剧里的人,总是能给自己带来最美好的梦吧。

社会很大,我们的剑还未佩妥,行囊还没备好,出门已是浩渺江湖。当然一个人的圈子也可以很小,把剑放下,坐下也是独立的天地。

每个人都在一个时代洪流中想要寻求一个姿态,去安身立命。能够从这个世道里走出来,活出带有侠义人格的人,太过少见。

相比较循规蹈矩的人生,娅绮更喜欢人世江湖的自在磊落,无论是经过还是相遇,仍然可以一往而前穿林踏溪,一路见山鸟虫鸣,清泉碧波。渐悟这世间所有的爱恶欲,仍能坦荡荡目视所有人,或相遇,或深交,或转身而过。

她只愿青衫落拓,信马由疆,把日子过成江湖。

054　愿你心有远山　安于当下

习武是与万事万物对话

苏东坡曾言："且将新火试新茶，诗酒趁年华。"可是她却在髫年幼童时就已走上异于常人的辛苦之路。

娅绮姑娘是浙江人，家中有习武的传统，她从六岁开始学武，十岁那年就离开父母独闯江湖。

小时候她胃口不太好，母亲就想让她参加运动增强体质，在那么多运动项目中她选择了最具中华文化的武术。那个年代开始流行的是让小女生学弹琴、学画画、学跳舞，母亲怕家里人嫌女生学拳脚粗鲁，就一直没告诉其他人。大概有一个多月的时间，父亲见她们母女俩每天早出晚归，这才知道了女儿也在学武。

年幼时因为身体孱弱才开始接触武术以求强身健体，没想到娅绮却意外地坚持了下来，并在十岁时从温州赴杭州参加集训，1992 年进入浙江省武术队，算下来，她从开始习武到现在已近三十年了。

在只身一人埋头苦练的几年时间里，娅绮的成绩却平平，父母曾试探性地让她放弃，要强的她愣是咬着牙继续前进，肢体日复一日地重复着跳跃、翻腾，以及其他难度动作。岁月在她身上无情地积累下许多伤病、颈椎、腰椎、膝关节、脚踝、手腕,浑身上下几乎全是伤。随着她作为武术运动员的黄金年龄一过,她身体的运动机能开始走下坡,各种伤痛也随之袭来。

可是武术早已将这个原本瘦弱的女子,煅造成坚毅顽强的江湖侠女。为了有一个更好的身体习武,她自学中医调理身体。每当到了异常辛苦接近放弃的那一刻,她脑海里会出现"再坚持一下下",无数个"一下下"后,才发觉原来已经坚持了这么久。

她用异于常人的意志站在了赛场上,十几年后,世界锦标赛冠军、亚运会冠军、全运会蝉联冠军等奖项都被她收入囊中。2006年,她与李连杰、释永信等人同批被提名为"中国十大武术人物"。

"武术比世界上任何的运动都独特。武术的项目很多,有刀、剑、枪、棍、长拳、南拳、太极拳……武术不仅强健体魄,更重要的是锻造人的精神意志,再加上独有的武侠精神,才有了武术非比寻常的意义。"

在近三十年的武术生涯里,武术对她而言早已不是一项体育运动那么简单。透过武术,是沿袭着祖先的踪迹,与前人对话;透过武术,是将专注力集于一起,和万事万物对话;透过武术,是感应到天地与我并生,而万物与我为一。

此生如行山路,时有晴岚翠羽,时有风雨苍黄。她都历历经过,仍以心为光亮,让武侠如明媚灿灿之光,照亮你我心田,送与这有情人间。

只做自己的掌门

武术赛场上,她清秀纤纤,却劲气凌厉,大有一种天地归我有,笑眼看醉人的侠气。生活中的她,不施粉黛,白布素衣,又有种闲雅端然的美。

在 2010 年退役后,娅绮受聘成为马来西亚武术国家队的教练,华丽转身。后来还经营起了体育文化公司做各种赛事和培训,跟人合作经营一家健身房,她做健身教练,将中国传统太极和健身相融合。

在别人眼里,娅绮的身份很多,是国际比赛裁判,是健身教练,是摄影师,是公益使者,还会做咖啡、开客栈。她说,"身在江湖,对世间万物充满好奇。"

平常,娅绮会在清晨 6:45 起床,到工作室运动,健身练体能,或不固定地练武术:长拳、南拳、太极拳、剑术都有可能练到。运动结束后,洗漱吃早餐,然后白天处理事务,晚餐后会出门散步,睡前看一会儿书。

"我的工作和生活没有严格区分,比如,我在上私教课的时候,对我来说都是非常开心的过程。下午我可能抽空逛博物馆或美术馆,有时也会约二三个朋友聚会,不喜欢人多闹腾。"

娅绮喜欢用"掌门"这个词调侃自己。她开了一家武侠主题的客栈,梵尘客栈，取名"梵尘"，是希望这里能让平凡人聚集交流，也能找到内心的"梵音"。

娅绮十岁就独闯江湖，结交了许多仗义的朋友。她的身上自有一种旷达，这不是出世孤傲，而是一种入世的情趣。顾盼间神采飞扬，无视高低贵贱，又不拘于男女之别，与人相交，全凭坦诚。

几年前她和朋友在新疆做了一个工作室，有画家、有歌者、有舞者，有些空余的房间就给来新疆的朋友住一下，来往的人多了，后来就顺势成为了"梵尘客栈"，一个有浓烈西域伊斯兰风情的青年旅舍。

那里的一桌一椅、一墙一木，每一个用品、每一件装饰，以及那小小的标识，都凝聚着她想说的话。她希望用每个江湖中人的故事，以苍茫天地、千年胡杨、大漠驼铃为背景，共同勾勒出大气磅礴的武侠梦境。

她说，武侠主题是很难去定义标准的，武侠不一定是大口喝酒大口吃肉的地方，也不一定是写满九阴真经、降龙十八掌的地方，武侠本来就是正义精神的传承，客栈在古代可能就是一个中转站的概念，南来北往的人来到这里，短暂停留，又各自去往下一个地方。

她曾站在奖台，遥想过锦绣前程；也曾躲在暗夜，思量武侠之深意。莽莽岁月里，定有一个风尘仆仆的姑娘，风雨兼程长路瘦马，只为了杀过一场又一场的疲倦，郑重其事与所有的光亮遇见。

现在，她在江南的一个古村落觅了一处有着三百年历史的老房子，着手打造成第二家客栈。村中建筑格局按八卦样式布列，且保存了大量明清古民居。"我的一生已融合着武术文化，只是用不同的形式去展现它而已。希望这家客栈能感受出你们想象的江湖。"

娅绮就是这么一个姑娘,柔软中有巍峨,铿锵中见风雅,内心有倔强和坚持。当你以为她闲下来的时候在喝茶、习字、练太极时,她却已经行走于波云诡谲的江湖之中,善恶分明又洞察人世。

　　这一生,她一腔孤勇踏破岁月荆棘,孤身一人看过天地洪荒,只愿卸下半生行囊,把人世风尘关在门外,寻一席静谧和同道的友人饮一盏好酒,做自己的掌门。

愿此生辽阔高远

女子在古代要么是红颜祸水，或者红颜薄命，要么满赋才情，最终寻到良人。纵然都不是，那也是贤良淑德，相夫教子。当有疏阔洒脱的女子也数不来几个，巾帼女子如樊梨花、花木兰、穆桂英、梁红玉。还有近当代的秋瑾，刘胡兰等。她们不依附他人，各个都活出了女人该有的气象。

和普通女子相比，娅绮早早地经受了独闯江湖的孤寞，也早早地经历了赛场如战场的挫败打击，然后她才站上了世界巅峰。她既有对镜轻点绛唇的低眉，也有风雨无惧拔弩箭的风骨，心中有轻歌，有曼舞，更有山河。

"我人生最珍贵的不是冠军头衔，而是这一路上的经历。功名利禄不是人生的本质，其实美好的东西是很淳朴的，比如融洽的亲情、温暖的阳光、大自然的空气，这些与名利无关。"

我很喜欢娅绮姑娘身上散发出来的气象。这种特有的气息它无法被轻易掩盖，更多是依托于内心。是德行、学识、风骨、举止、底蕴的积淀，是谦和柔软不失力道，是一招一式也涵盖了深意。

在娅绮的武术人生里，习得的精、气、神，恐怕才是行走江湖上最重要的条件之一。生活有节,作息规律,武术塑造身形的过程,更是锤炼意志的过程,久而久之,一个人才能傲骨凌然,明心见性。

娅绮说,练武先修心,一个人游走于出世入世之间,只有心平气和才能收放自如,才能很好地控制自己拥有的力量,唯有修炼心性,才能更有力。

"现代人习武,早已没有过去打打杀杀的需要,但武侠精神永远不会丢失。大侠之所以受人尊敬,是因为他能够以更广阔的视野来看待情义,在我所认识的朋友中,有不少也是这样带着家国情怀的人,我极其敬佩他们这样,在我眼里,他们是真正的大侠。"

生命中那些闪闪发光的瞬间,如星辰般给予她指引。纵然江湖里面寒光乍起,人心涣散,娅绮也相信自有人明月清风,至情至性,襟怀坦白。

愿此心有花间晚照,亦怀辽阔高远。

愿你不负天地　辽阔高远　　063

给我一匹马　陪你走天涯

千里相隔　终会相逢/064
我一无所有　却无所不有/067
最美的事情　是见了再见/071
想牵着你的手　在青山绿水间/073

千里相隔 终会相逢

我第一眼见到诗人伊昊,就觉得他是一个有着魏晋风度的男子。

这是 2017 年的初夏,他山水迢迢来湖南常德,我欢喜等候,我们约在耀观师父的禅者山房相见,初次见面,印象足够深刻。

我坐车走错了,他迎出去也不见人,直到我绕了几个圈,才见到一身白衣的伊昊,俩人相顾一笑,便觉忻悦盈怀。他笑道,千里相隔,磨难重重,但好在我们终会相逢。

一句终会相逢,瞬间让我的内心馥郁丰盛,似有微风入谷。

禅者山房隐于太阳山下,这是一座破旧的土砖房,四周种植了枇杷树还有菜园。山房的竹林边,有一个水塘,上面搭建了一个竹台,放了茶席,瓷瓶中插着采来的石榴花,有竹叶哗啦作响。

耀观师父泡茶,依依姑娘画画,我与伊昊畅聊诗歌。三两好友随缘而来,一壶闲茶喝到波澜不惊,喝到日暮倦鸟归,这日光之下花开灼灼,风亦畅情,人亦喜悦。

人和人之间是讲究气息的,气息对了就自然而然走到一起了。伊昊后来告诉我,那个午后好像只是回家办了一个聚会,聚在一起的人,哪怕之前互不相识，但是坐在一起的那个时刻，一点也不生分。

伊昊的身上，自有一种魏晋气度。他朗朗如日月入怀，谡谡如松下风，既有温润如玉的谦和，也有一种游心太玄的隐者之气，更有一蓑烟雨任平生的磊落侠意。

在禅者山房，伊昊为我赠送了一首诗，名为《无尘》：

月光有挥洒不到的角落

思念也有抵达不到的寂寞

孤独行走的旅人啊

在喧闹里念念沉默

在沉默里念念交错

此时众生

众生是我

寸寸不灭的烟火

此时众生

众生沉默

伊昊的诗句很得我心，逍遥洒脱，古意悠悠，有一种不急不徐的静气。最让我心动的是他的字，一笔一画，竖排右始，很用力地写在牛皮纸上，仿佛是镌刻上去的。

第二日晚，伊昊在常德办了一场室内诗歌分享会，地儿选在好友子乐的不昧清舍，伊昊读诗，子乐随意弹琴，一曲下来，俩人意犹未尽，这样的美妙不常有。

回想身边来往的朋友，有人写得一手好文章，有人弹得一首好曲子，有人想要携琴带酒游湖,畅聊逸事,沉醉不知归路。只是他们步入中年后锐气开始减少,忙于奔波奋斗,很难有相见叙旧的时刻。

好在还有伊昊带着诗歌前来,彼此之间随意自在,不必客套与寒暄,只需简简单单在一起,往后青山绿水,挥洒衣袖拱手互道珍重。

山房相见过后,伊昊写了一篇文章,他发给我看。他写道:"喜欢这样的感觉,不属于任何一个地方,在哪里,就热爱哪里。过去已经过去,未来还未到来,就热爱此时此刻。"

临清风小语,听鸟歌对饮。此时的明朗清心,与伊昊的相见如故,特别美,特别好,这是一场良辰美景的遇见。

忽念及沈从文先生的一句,"我知道你会来,所以我等。"当下心有清凉,仿若被山风拂照。

我一无所有 却无所不有

伊昊是一位逍遥派诗人，四海为家，之前常年飘在云南大理的苍山洱海之间，曾在大理海豚阿德书店工作，在生活中写诗，又卖诗集为生，并和各种有缘人分享自己的诗歌。曾经他一路走到丽江，搭车去拉萨，去尼泊尔，去他念想中的每一个地方。

潇洒行走，最基本的是自食其力。一路行走，伊昊手里提着那个从不离身的、装着笔和手稿的小箱子，2014 年手写了一本繁体字诗集，印了 1001 本，当年在大理人民路摆摊出售，以字为生，以字为傲。

4 年前，伊昊突发血液病，花光了所有的积蓄。生活依旧要继续，但不想找家人或朋友借，于是突发奇想，自创了一道"也是饭"，用糯米、鱼腥草、土豆等食材炒制，据说口味极佳，当年在大理卖了 4 天，天天爆满，每天都有小姑娘等在门口，就为了买他自创的美食"也是饭"。靠着这门手艺，伊昊就这样度过了生活的艰难。

他身无分文却又富可敌国。他几近一无所有，随身的一个小箱子加上一个小背包，就是他的全部家当。但是他心里有诗有月光有天下的朋友，仿佛世间一切他都拥有。

真正爱诗的人大骨头端正,内心纯净,世事尘埃也不惹他天真年少。在伊昊心中,诗本是平凡之物,无用之物,和一朵花一片云一抹微香是一样的,拿不到摸不到,只要一个人内心有诗意,诗自会来。

"诗不需要你看懂什么,只需要你认识字,一个字一个字去感受就可以,感受到什么就是什么,这才是诗存在最可爱的地方。"诗歌如他而言,如盈盈一剪光亮,便足以温润自己。又仿若一道精神上的屏风,挡住世事烦嚣,而屏风内有他一个人的吴山越水。

深夜我写完新书里的文字,选了几首伊昊的诗,轻声念叨着,沉湎在这样清美寂静的氛围里。

　　我是我,你是你

　　我不需要了解你,
　　我只要看见你,
　　我不需要靠近你,
　　我已经记住你。
　　我是我,你是你,
　　各在一条轨迹,
　　共书一段欢喜。
　　我是我,你是你,
　　来时无关风月,
　　去时无晴无雨。

一生如秋

你的双脚落实在地上

灵魂在风中在云里在花开时候

你也用力劈开柴禾

用心地烧水煮饭泡茶

我负责一首一首诗

经过我然后离我而去

我常亲抚你的伤口

将我的四季导入你的血脉

你从不约我白头到老

你只说:你在啊,我在!

读他的诗,你会觉得诗是从万物中生长出来,那里有山水轮廓隐约,有白鸟振羽在晨光里,有人间的风骨柔情。日月是诗,星辰也是诗,恰似暮色里的万籁俱寂,悄然落款我的心底。

只要和伊昊聊过天的人,整个人都神清气爽,更会喜欢上他身上这股劲。他的那份源自信念与灵魂的力量如同暗夜中的月光,静默地照在每个人的心底。

在人群中坚定自己,在诗歌中识得本心,便是自在。他愿用诗歌守护朴素生活,沉下心,深入而无畏地去践行力所能及的美好。

他一无所有,却无所不有。

070　愿你心有远山 安于当下

最美的事情 是见了再见

这个世界是否有趣,有时候是取决于我们自己,如果你是一个有趣的人,就会遇见有趣的人。

伊昊现在四海为家,并制定了24座城市诗歌分享计划,分享新诗集《一生如秋》。他说,最浪漫的事情,是将他化成风吹去这些城市,让一首首活着的诗去遇见有趣的人。

第一阶段的第一城从杭州出发,再到上海、苏州等24座城市,在他眼中诗是有气息的,哪怕隔得再远,也能被吸引过来,为它驻足。

第二阶段的第一城他选了大理,因为在大理他正式开始了诗词分享,并延续至今。蓬莱作为最后一站,完全是一种诗意的信仰,在那里结果,也从那里出发。

伊昊行走的另一个念头,就是和曾经偶遇的朋友们重逢。江湖中人江湖再见,每一座城市,都有一些可爱的人,他相信他们的存在,不断去往任何一座城市,也为了增加遇见的可能性。

当然,在路途中的确需要钱,但他坚持只取有能量的钱,只有这样,那些带走他的诗歌作品的人才会珍惜,即使拿着很少的钱,他也有足够的动力走下去。

别人也会问他,这样四海为家以诗为生,觉得幸福吗?

"大家以为我不食人间烟火,其实没有,我一天吃三顿,一顿都不少。我认为的幸福,不是有车,也不是有房,更不是有地位,而是可以从自己所做的事情里面变得快乐。"

生命不在于长短,而在于是否痛快地活过。伊昊是一个非常纯粹的诗人,他有一种清新的心思,是彻头彻尾的逍遥派,花花世界人山人海,他一点也不耀眼,可是他身上那一束温柔的光,刚好就是我们最想靠近的人。

"我不求时时精彩,但求处处自在。我的心中没有远方,我的脚下都是故乡。"跨越山河的千山暮雪,路过人世的桃红梨白,伊昊只愿把此时当余生,在岁月中慢慢修炼成一个眉目清阔的人。

只待来年的春天,有香茶温酒候着,我与他能面对面坐着,静静喝一杯闲茶,听他说一声别来无恙。

想牵着你的手　在青山绿水间

从前的伊昊漂泊四方,现在的他,依然是四处流浪,唯一的不同是身边多了一位美好的彝族女友依依。

依依是四川大凉山人,彝族姑娘,热爱自然,喜欢画树叶,同在旅行中分享,用以换取一些路费。

初见伊昊和依依,仿佛从古时走出来的神仙眷侣,与世俗凡尘有着那么一点地格格不入。天地浩大,只有朗朗风清的这一对璧人,让我神思邈远。

说起与依依的因缘,是源于伊昊的一个"梦境"。

伊昊的一位朋友认识依依,在朋友圈里看到依依的照片,就觉得和伊昊很相似,就把依依的微信推荐给了他。后来,俩人时常交流诗歌和生活,依依为伊昊画了一幅画像,他一看就很喜欢,觉得依依把他的孤独感画出来了,就因为那幅画,俩人之间有了一个约会。

伊昊和依依相约,如果她所住的城市下雪,她就过来找他喝茶。伊昊所在的城市下雪,就去她那里喝茶,但是他们都不知道冬天什么时候会下雪,俩人都在等待相见的那一天。

伊昊有一次在依依朋友圈看到她的一个视频，看完后非常触动，唤醒了他的梦境，心心念念就想见到她。那是 2011 年，伊昊在杭州做了一个梦，梦见一个女子撑着一把纸伞，用诗意的背影对着他，他后来在想会不会找梦里这样的女子。

后来，他就给依依发消息，说要从天而降去见她。伊昊辗转来到依依当时所在的福建宁德双溪古镇，约她在清晨 5 点 11 分见面。

天还未亮之际，在彼此不能用眼睛看到对方的时候，凭感觉和气场去全然地感知对方，感觉对了就对了，不对就不对。当伊昊一步步走向依依，她准确无误地说出了他走的步数。

这一天，他们聊了很久，从童年到读书到工作。当伊昊伸出一只手，掌心朝上，微笑地看着依依，当依依轻轻把自己的手覆盖上他的手，等到伊昊握住她柔软的小手时，他们觉得认定彼此的那一刻终于来临。曾经以为只是行走中的相见，但俩人终于成为执子之手的眷侣。

以后伊昊和依依见面都会有一个仪式，每天早晨 5 点 11 分，俩人起来，在小本子上留下彼此的名字，到今天为止，依然如此。

记得沈从文先生在写给张兆和的信中，有一段情话很是入心："在青山绿水之间，我想牵着你的手，走过这座桥，桥上是绿叶红花，桥下是流水人家，桥的那头是青丝，桥的这头是白发。"

想来伊昊和依依就是这样的吧，他的心中似乎毫无渣滓，透明烛照，对山河，对青山，对知己，对恋人，皆那么爱着，心里柔软得很，赤子其人总用情太深。

伊昊唤依依为公主，依依称伊昊为王子，俩人就这样牵着对方的手，在青山绿水间。或者在山下,或者在江边,或者在树荫下,可能是在某个风景如画的地方,也可能是在大马路上,他们铺个小毯子,随地而坐,伊昊和过往的路人分享他写的诗,依依现场将诗画在捡来的有趣的树叶上。

24座城市诗歌分享,依依并不依附于他,而是靠自己画出的树叶供她行走,俩人一起去面对困难,一起接受惊喜。在街头分享诗歌的时候,有时一个人都没有,有时会有许多路人围观,伊昊和依依以一小时为界,过时不候。他喜欢划定一些界限,这样可以保有自身的能量,不会过分消耗。

看天空,听鸟鸣,偶遇路上的一朵小花,疲倦了便于青草绵绵处寻梦去。伊昊和依依每日做的事情,就是去发现美好的事物,然后分享出去。"美是最温柔的抵抗,你的心只要如水,美就会不断经过你。"

在伊昊的眼里,依依是一个自由自在的精灵,给他惊喜和感动。他读诗,她在旁边托腮看着,每次他一抬头,总能看见笑意盈盈的脸。他做诗歌分享会,她在一旁用彝语轻声唱歌。依依一望他,他的眼前就倾泻出五彩斑斓的光,依依一微笑,伊昊的身后就绽放了一片花海。

生活中,伊昊的发辫也是依依编的,每为他编一次头发,他就给她送一张手稿诗作为报酬。这是他们的相爱方式,他尊重她的付出,不会理所应当的领受。

物质虽不充盈,但他们却有着足够多的精神财富。即便伊昊的银行卡上只剩下八块五毛钱,依依也依然笑嘻嘻,牵着他的手,继续大踏步往前走。这漫漫长路,是他引领着她,也是她陪伴着他,一起走过荆棘,穿透

076　愿你心有远山　安于当下

愿你不负天地　辽阔高远

孤独,望向层层叠起的远山,筑起心中那一片蔚蓝。

我们与恋人之间的关系,应当是独立而相亲,尊重而互助,彼此会意,互相欣赏并关照,以及内心深处的默契与认同,这才有细水长流的缘分。

伊昊和依依这一对恋人,大抵就是这样相互扶持而行。他有他的梦想,而她有她的喜好,但对于世间的看法却彼此理解认同。也不必一蔬一饭从不分离,独自一人时,也能做好自己;两人一起时,目光所及只有对方。彼此都有独立的心愿,或是生活,或是理想,但那个共同的愿望定是,给我一匹马,陪你走天涯。

相爱在他们身上得到了最好的诠释。是寻常的肌肤之亲,是平淡的一蔬一饭,是行走疲惫后的嘘寒问暖,是一起翻山越岭拾到一个松果的欢欣,是夜深一起在月光下踱步,更是入睡前深情的一吻。

这一生,哪怕今后岁月遥遥,前路坎坷。伊昊和依依所要做的,就是紧紧握住对方的手,一起吟诗画画,共看白头。

和你在一起,岁月才温良。春风如海的四季,愿我们内心爱意不灭。

愿你心有远山 安于当下 081

人间况味是清欢

看花听风的山房/082
坐等明月来相照/086
于万物中得到真趣/089

看花听风的山房

天光微微放亮，琳达起床推开二楼的窗子，窗外泥土的香气扑鼻而来，昏沉的乡村在曙光中苏醒，楼下满墙的蔷薇花正期待着阳光的照耀。

乡下的老树、溪流、烟云，时不时跌落的柿子和栗子。有老人坐在墙角晒太阳聊家常，有妇人一边照看着摇窝里的婴儿一边纳着鞋垫，孩子们背着书包去镇上的学校上课，一路上能听到阵阵鸡鸣狗叫。

琳达在乡下有一栋三层高的小楼房，之前都是她婆婆住着。儿子现在外地读大学，平日里她忙完工作之后，就和先生回老家陪伴老人。

2014年，她将自家的楼房修缮了一下，建成了可以看花听风的山房。庭前赏花开，庭外菜园香，阴有檐下雨，晴有天上虹。

我与她相识有很多年了，或许是她看了我文字的缘故，我们之间很是相投，多年以来，我们一直保持联系，彼此关注。

琳达是湖南省张家界市一所学校的老师，除了日常的教学之外，她喜爱种植花草，自己会设计制作衣服，懂茶道，歌唱得也很好，十多年前她就有了自己的个人"专辑"，她还会做梳子，会摄影也会摄像，一切手工活在她的手上都不是难事。

她并不是典型的美人,但随着岁月递进,她的身上仿佛蕴藏了更为深邃的味道。

五月的时候,她告诉我,乡下院子里的花都开好了,想约你过来看花。只是这一句话,就让我内心柔软。

这人世间的欢喜,莫过于喜爱的挚友都在我们身边,时常能相见,并且能相谈甚欢。

安顿好家中的事之后,我过来与她相见。有时候朋友相见并没有什么理由,我过来,只是因为我想她了。

从市区到她的老家官坪,驱车不过二十分钟。我们过来时,正好张家界下了一场雨,夏天来临,一切恰如其分。

一走进琳达家的院子,我顿时就被惊艳了。院门一推,花香万斛,兜头而下,院子里种了百日草、绣球、月季、紫藤花、金银花、天竹葵、茶花、美人蕉……数都数不过来。

院子外面是田地、菜园,还有一弯荷塘。菜园里种了辣椒、黄瓜、青菜,还种了枇杷、柚子树、梨树。

只见花草湿嗒嗒地恣意舒展,一个月前播下的牵牛种子,藤蔓细柔,终究开了两朵蓝花。阳光很好,满园子轻轻浅浅的绿意,亮了我的眼,琳达的罗裙上溅起一身春意。

这样的满院花墙,只是站立在此处,内心也会格外的豁然开朗,即使是短时间的相处,也能感知到彼此的心。这是人和花之间的情分。

眼下,万物皆有时,四时皆有序,物物皆相生。因为有道,凡事都井然,亦有人情,是陌上花开可以缓缓归矣的自在。

下雨过后花的清香，风吹过时树叶的颤动，花草尖端的露水，这一切都使人感受到美。

花草也含着人生意，有浓淡而见层次，有深浅而得进退，有怒放而知动情。山河大地，一花一草，它们都是你的心，只有清净欢愉，才能见到秋水朗月。

琳达的院子里还修建了亭台水榭，养了金鱼，水榭边还种植了芭蕉和紫竹，这里的一砖一石都是她亲自慢慢拾掇的。

着实觉得这样温柔宁静地对待一花一木的女人，稀少可贵。对物已是如此，对人也不会差，她是一个心有所定、只专注做事的女子。我知道我与她的情谊会长久珍贵。

泰戈尔在《飞鸟集》中曾写道："抱着善意去敲门，必见乐意来开门。"单纯而专注的劳作，对美好事物的敏感和呼应。从她身上，我看到了这种美好的心性。

不同的季节种下不同的花，花期有条不紊，这让人安心。坐在庭院中读书，或者只是闻闻花香，也觉得很好。

七月，我会再来这里，和她一起赏荷花。

坐等明月来相照

琳达是一个生动且柔软的女人。早起地上生长的一朵野花,路边流浪的一只小狗,墙角里避雨的花猫,都能令她心生喜悦,百般柔肠。

人的内心其实与万物并无不同,都是息息相通。

这个社会有很多的不公平,但有一点是公平的。那就是无论穷困还是富足,都要在世俗的烟火中走一遭。

琳达不仅要面对学校里繁杂的教学工作,还要养育孩子和照顾老人,她的先生平常工作忙碌,没有时间陪伴她和家人。

可她却用足够的热情,足够的认真,足够的趣味,拾到了生活中那朵最美好的花。

年轻时候的她,也曾向往过大城市的繁华生活,而过了四十不惑的年纪,现在的她更希望活在喜欢的事物中,不依附于他人,在自己建造的山房里与花草相恋。琳达说:"我现在除了教学上课之外,就和这些花花草草待着,给它们浇浇水,帮它们施施肥,它们不能没有我。"她不自怜、不怨叹,那份喜乐早已抵达心里。

院子里还建了一座亭子,夜晚时分,坐在亭子中聆听鱼池里的流水声,还有乡下的虫鸣,为此再泡上一盏茶,就足以坐等明月来相照了。

身在万物之中,心在万物之上。很多人忽略了真实生活中的美感,当我们的心懂得沉静下来,尝试与天地合而为一,哪怕一朵花的清香,黄昏时的晚霞,树林里的一声鸟鸣,都可以感动至深。

当人打开心的限制,所有的万物都将参与到你的天地里来,而你所遇见的每一个人、每一朵花都可以带给你意义。

很多人都会在时间里变化,最常见的变化是从对人情时序的敏感,成为对一切事物的无感。后来你会发现,人几乎都是一致的,对生命的焦虑,对现实的不满,对自由的渴望。

看花人未老,相知语难频。我们应该把低眉垂睫的美唤醒,去看见精灿灼人的明眸。

与家人共食,和爱人同行,与朋友喝茶,伴花香入梦。琳达觉得眼下的生活才真正是身心清静,愉悦自得。"一路走来,我的人生已经过了大半,我不是一个喜欢往台上凑热闹的人,我喜欢退后,这个山房,就是我给自己的留白。"琳达的脸上,始终带着微笑。

琳达,你的山房这么美,以后这里会做成民宿吗?

"之前也有朋友问过这个问题,但我是一个没有经营理念的人。现在张家界太多客栈和民宿了,当然这是好事。目前我还没有那么多精力做民宿,我还是喜欢随性地打理这些花儿草儿,现在我这里还是适合家人居住,周末可以招待朋友来玩儿。"

琳达的家有时被朋友调侃成了"动物收留所",家中养了两只叫"大猪""小猪"的刺猬,一只叫"妮妮"的小狗,刚从马路上捡回来的流浪狗"卡布",一只叫"麻四儿"的猫咪。

她说:"动物这么可爱,人怎么可能不去爱它们呢!"

088　愿你心有远山 安于当下

于万物中得到真趣

除了一心种植花草之外,琳达还是一个懂厨艺的女人。

她做了很多坛子菜,有糯米辣子、包谷辣子、黄豆末儿辣子、萝卜酸菜、酸豇豆,有时亲戚和朋友过来便会挖一些酸菜带走。她说,希望自己将这些家常手艺在家族中传承下去。

做菜给身边亲近的人吃,给需要你的人吃,这也是一种很好的付出。

人应该尽量保持真实和自在地去生活,既不显露,也不隐藏,不违背不辜负,只需始终忠于内心。

琳达极少外出参加聚会活动,除了和学校的同事们一起采风拍照之外,多半时间她一个人来往于学校和乡下老家。"我儿子现在在外读书,婆婆住在这里很开心很健康,只可惜我自己的父母不能来这里长住。能让老人们幸福,是我目前最大的欣慰!"

庭院里还种了枇杷树。跟随季节吃着当季的瓜果蔬菜,入了六月,慢慢会迎来满目的绿叶浓荫。安于乡野,应季而食,亲手采摘烹调,一月到十二月,四季的食物吃过一遍,这一年就过完了。

"年轻时,也有很多想法,但现在年过四十之后,思想上的变化很大,突然觉得没有什么比安静自然的生活更值得我向往了。"

院子外是一地的百日草。此时又到了不是给花拍照,就是和花一起拍照的季节,这么美的百日草,像极了爱情。

琳达对我说起了她的爱情。"爱人平常工作很忙碌,并没有过多时间陪我侍弄这些花花草草,因为他职业的原因,他比较大老爷们,但现在在我的影响下,他的心里也很柔软呢。"

琳达的家里,几乎全是她的气场,一个男人只有纵容一个女人才会有这样的家吧。有时候,纵容更是一种爱呀。

现如今清雅可对的人日益稀少,我深信对生活怀有热忱的女子总能在一起,对于她,我是真心喜爱。

"其实世上的事并不都是美好的,朋友来到我这里,都觉得院子好美。可是这些都是我一个人辛辛苦苦用双手整理出来的,这世上仍需要我们付出,才会得到。"何时何地,我们都要做一个心存感激的人。

花瓣掉落在地上,琳达舍不得扔掉,将花瓣采捡放在盆中,或放在家中增添花香,或做成果酱,这都是花的深意。

人应活在眼前,于万物中得到真趣。要心闲,才有空间去容纳一路所见所感;要情闲,方有意趣去感悟天地之大美。和琳达相交多年,我看到她的状态,身心愉悦,人自然就是沉着安然的,生命的喜乐就在于此了。

须知闲人是福人,此闲不是无事所做,而是一心一意专注做喜欢的事,闲情真味,是清风朗月不须钱,是白云溪水不须钱,这最易得到,也最难明白。

鸟啼花落,欣然有会于心,萧然不知其在尘埃间也。一个人的美好,在于对美的感受力,对细节的关注力,以及随时随地让自己愉悦的能力。琳达就是这样的女子。

溪花与禅意,相对亦忘言。遇见过很好的人,喝过很好的茶,看过很好的书,见到这么美的花。在充分享受的同时,我们已经有所得到。

这时天已经黑了,琳达做好了饭菜,她的先生也下班回到了老家。我与琳达,还有她的先生、婆婆一起吃着饭,聊着家常。身在此处,我感受到了我们踏实、坦然地活着。

尘世依旧庸俗嘈杂,生活也依然会有琐碎。可就算如此,自有人和大自然重新连结,去寻找自身生命存在的意义。

人世间大大小小的必经之路,希望我们都能穿过,最终心思透澈,内里稳妥。

愿你心有远山 安于当下 093

许华彩一世长安

其人如玉 其心无瑕/094
缂丝寄深情/096
清月弦歌 织就芳华/099
长安月下慰清欢/102

其人如玉　其心无瑕

人生的相逢，是这样的君子之交，可共云淡风轻。无论一个人的心有多么辽阔，可以收容多少故事，都要还给内心。

走进苏州老城区的阊门吴趋坊，老街深巷之中烟火气息浓厚，我在一家石库门前停了下来，推开古色古香的木门，一台织机，他伏坐机前，执梭弄拨看丝线交织，吱嘎吱嘎的织机声渲染下……这样的情境让我仿佛穿越到了古代。

墙外绿影绰绰，市井人声，而小院里携了鸟鸣而来，声声入耳。只要心思清静，何处不是桃花源。

踩着木质楼梯逐级而上，房间内精美的缂丝团扇，从各处收集来的点翠和老绣品，还有衣架上素美的旗袍，装裱好的，没来得及装裱的缂丝作品摆放在桌案上，堆积如山的布料占满了楼上工作室的空间，只留下一尺见方给郝经纬。

经纬见到我时，虽无惊鸿登场，但整个人濡沫了一缕春风，既不拒人千里，也不过分热络，像隐居山中的老友，寒夜客来茶当酒。我们絮絮叨叨聊天，朋友志远在一旁吹箫助兴，这样好的光景半点都辜负不得。

虽然已经小有名气，但这位清秀文气的年轻人，依然如旧时"十年寒窗"的书生，以无人问也不问人的态势奋笔疾书。他像觅得一处幽径，不知不觉走进去，渐入丛花深处，那里有风雨松雪，有繁花含香，有月晕照枝头，更有深沉幽美。

"我的工作室都没有挂牌子，隔壁都不知道我这里是做什么的，很少见到我开门。这世上没有比一心守在自己的天地里更快乐的事儿了。"经纬说话时，神情淡定闲雅，分明是一种骨子里沁出来的安静。

世间花红柳绿，招数五花八门，有人沉溺于人世浮华，有人在跃跃欲试想要一争高下，而他只为织就一方心中最美的缂丝华彩。

世界纷繁复杂，认清自己的内心，认清自己想要走的道路，这对我们来说，无比重要。

缂丝寄深情

缂丝，它是我国传统丝绸艺术品中的精华。在中国古代，缂丝常用来制作皇帝的龙袍、复制名贵书画或宫廷艺术品，由于用者不凡，非富即贵，所以制作都极尽巧工，质料也尽为上乘。正所谓"锦若云霞，纱似蝉翼"，缂丝技艺无不精绝，有"一寸缂丝一寸金"之说。

《红楼梦》中就提到缂丝备受帝王贵族追捧。书中第五十一回："凤姐命平儿将昨日那件石青缂丝八团天马皮褂子拿出来，给了袭人。"第七十一回贾母过寿时，凤姐道："内种只有江南甄家一架大屏十二扇，大红缎子缂丝'满床笏'，一面是泥金'百寿图'，是头等的。"

《红楼梦》是经纬中学时期最痴迷的一本书，那时他在家翻看着这本书，天天想着缂丝是如何的精致，时日长了，这梦就入到心里去了，他觉得会与自己的人生有所共鸣。

经纬本名郝乃强，出生于河北邢台，这位1989年出生的男子，打小就爱做手工，向往江南水乡之地，高考填报志愿的时候有好几所大学可以选择，偏偏选择了苏州大学染织专业，感觉姑苏就是他命里该来的一个地方。

读这个专业时,还受到了不少人的冷嘲热讽,说他读书出来要么是染布的,要么是织布的,但是他不管不顾,一心学手艺。后来他在苏州认识了一些志同道合的手艺人,感受到了文化的熏陶。

他到苏州上学的第三年,学校老师办了一个非遗缂丝班,出于技多不压身的想法,经纬报名参加了缂丝班。初入门是因为兴趣,几个月的时间,他便抱着能为缂丝做一点事情的念头,一点点坚持了下来。

以往的缂丝作品大都以棉、丝质面料为主,为了做出心中最美的大学毕业作品,他一心想着要尽可能在原材料上寻找到新鲜的素材。"当时正值江南春天,柳树的新芽让我突然想到能否用柳枝来代替丝线进行缂丝。"

只是想法虽好,但是过程中却困难重重,挑选粗细均匀的柳枝,需要花费大量的时间和体力;折来的柳枝要尽快去皮,剥到手指红肿;用风干后的枝条进行缂丝,织造起来也是一项力气活,还得小心翼翼地避免丝线被柳枝划破。最终这匹以丝为经、以柳作纬的缂丝成品——一套缂丝柳枝茶席让学校的老师和同学叹服。

2013年他大学毕业,很多同学进入企业从事设计,经纬一个人去了苏州刺绣研究所,安安心心地做一名学员。研究所里的前辈都很喜欢他,对他倾囊相授。著名的缂丝艺术大师李荣根也被请回来,专门教授他。师父是缂丝行业中公认的技艺高手,给了他最好的技艺传授。那段时间很纯粹,经纬一心一意地学习技艺,缂丝的技艺水平也在不断地进步。

从研究所出来之后,经纬创办了自己的工作室。刚开始在平江路,后来他又将工作室搬到了苏州艺圃附近的巷子里,租了一间当地的民居小院,现在他的工作室主要以制作工艺品和实用品为主,比如,扇子、茶包、茶席、旗袍、手提包、女鞋等。

缂丝之于他,实为一种寄托。有些情绪他无法诉诸于人,他就一个人通过缂丝静静内化自己的心事,待他日重新回忆的时候,会发现依然有温暖的事仰身相迎。

当有一天,我们能卸下心上纷纷的欲念,才能与另一个自己相逢。在经纬的眼里,缂丝是江南气质里一滴濡开的墨,是藤蔓花枝里摇曳的日影。

清月弦歌　织就芳华

经纬最开始在网上被人知晓，是一把复缂的故宫纨扇。

班婕妤有诗云："新裂齐纨素，皎洁如霜雪。裁为合欢扇，团团似明月。"闺阁仕女手摇团扇，清风徐来，一挥扇招来彩蝶纷飞，一敛衫映入秋水碧波，平添古时女子的娴静文雅的仪容。

一把团扇通常由扇骨、扇柄、扇面、流苏和其他配饰组成，而一把团扇的诞生，更是需要藤编、大漆、螺钿、剔红、雕刻等手艺。纤指素扇，盈盈一握，团扇承载了更多的懂得与珍惜。

也许是从小生长在河北燕赵故乡的缘故，经纬很喜欢首都北京，故宫、天坛、雍和宫等传统建筑给了他很多创作灵感。偶然看到一本关于故宫藏扇的书，里面收录了故宫博物院藏清代宫廷成扇，至臻尊享的成扇深深印在脑海，那时他便下定决心复原。

毫无头绪的他开始着手，从扇面线稿到丝线配色，他根据自己的理解进行复杂和繁琐的织造裱扇工艺。苏州、北京两地奔波求教，最终功夫不负有心人，第一把故宫团扇酱色佛手花鸟图团扇试样成形。

他最成功的作品是"黄色缂丝凤栖梧桐图团扇"，这把团扇的原型是

2013年在紫禁城延禧宫"清风徐来——故宫博物院藏清代宫廷成扇展"上展出的清宫旧藏精品。

经纬以它为原型进行了创作，原作的扇面织造技艺是清代缂丝所创的"缂绣混色法"，这种绣法是将缂丝、刺绣和彩绘结合而成，而他将扇面改为全缂，扇托装饰则为刺绣，加强了织物的装饰效果，技艺精湛，惊艳四方。

缂丝如此珍贵，但难学难精，更是慢工出细活。缂织时，先在织机上安装好经线，经线下衬画稿或书稿，织工透过经丝，用毛笔将画样的彩色图案描绘在经丝面上，然后再分别用装有各种丝线的舟形小梭依花纹图案分块缂织。同一种色彩的纬线不必穿过整个幅面，只需根据纹样的轮廓或画面色彩的变化，不断换梭。

织造一幅作品，往往需要换数以万计的梭子，古人有"妇人一衣，终岁方就"之说，其花时之长，功夫之深，织造之精，可想而知。经纬一件缂丝作品制作出来大约需要二三周的时间，复杂精细的作品则需要二三月。

2016年，经纬与品牌合作的桃花源系列作品在上海设计周上一经推出，便惊艳全场。这套系列作品包含两件缂丝高定礼服，两双缂丝高定女鞋和几款缂丝高定女手包。他运用了中国绘画当中的青绿山水做为设计元素，在礼服和鞋履上展现了与世无争的美好世外桃源景象。

他擅于将传统织绣工艺元素互相结合，缂丝、纱罗、苏绣、宋锦，将来自织绣工艺的不同元素整合在一个视觉体系中，既有织锦气质的隽永优雅，又有刺绣的缥缈灵动。"以前太多传统手艺被情怀裹挟并束之高阁，如艺术品般让人只可远观。其实传统的东西要参与到人的生活当中去，才更有意义。"

允你一生江南,许华彩一世长安。不管生活在哪段风日下,他内心对美的追求依旧如初笃定。

长安月下慰清欢

庄子说过:"独与天地精神往来,而不敖倪于万物。"

经纬的身上有一种静气和萧淡,懂得守静,可是也洒然,像是一个情怀深深的古意男子,安然在市井烟火里。

花露水沾衣,桃花香染袖。他每天早上自然醒来,在院子里看看花,中午自己做个饭,下午做缂丝,晚上画图。经纬深入缂丝这门手艺中,只觉气韵欢畅,静水流深于无形,是那样喜悦的分明,却又极稳妥的相亲相和,刻骨到底。

我们心中要有一些超脱于尘俗的清净之心,若心中少了这些,纵然周遭都是清风明月,也只是庸俗无用的衬托。

"我是一个不会考虑市场,不会去迎合别人的人,缂丝真是出于自己喜欢,这是一种很纯粹的手艺人状态。能为缂丝做一点什么事情,这便是我的价值和意义所在。希望能一直保持自己内心最初的想法,做最好的手艺人,不仅只是传承,而且是不停地推陈出新。"经纬能够把自己喜爱的事情当做营生,日子也没有因此而难过,还养活了自己的梦想。

对于缂丝技艺,我们在思考如何发展这门古老手艺的同时,如何传承也同等重要。经纬在缂丝之余,会进行传统文化复兴,开设公益体验班,应邀去参加手艺人分享会,分享自己对缂丝文化的理解和心得。

有时他也会出去走走,或在家读古书,什么都随心所欲。"中国的传统文化无穷无尽,我觉得古人的智慧是无穷的。我喜欢看一些传统文化方面的书,然后借助书里的知识去运用到作品中,现在我还只是发现了其中一小部分,足以受用和惊喜。所以我还要努力,成为更好的自己。"

很多时候我们不是被生活压垮,而是被自己压垮,人生有太多的负担,摆不平的欲望,理不清的纠缠,无法释然的不甘心。卢梭在《爱弥儿》中说:"在人类所有的职业中,工艺是一门最古老最正直的手艺。"

这世界上有很多人,有的人在墙内享受安逸,有的人在墙外跋弛不羁,这都没有错,在世间本就是各自摆渡,各有归岸。万物尊重虔诚的心灵,只要我们对某事心向往之,便没有什么可以扰乱内心,世事浊乱,愿我们不要被世道推着走。

我们能真正敬畏万物时,这一条通往未知的道路,抑或会多一些意外之喜。也许不必躬耕山野,看禾苗在晨雾里吐穗,看瓜蔓在黄昏中拔节,但可以用心对待一食一蔬,一杯一箸,让日常自成景色。

人生的愿景对于他来说,不过是有雅洁的居所,有手艺可以营生,四时花信接踵而至,暮春想起湘云醉卧芍药,秋来可在桂花下饮茶。有着少数良友,深居简出,小巷人不知,小院内可弹琴、可吟唱、可泼墨、可赏花,亦可过着人情冷暖的每一天。

眼下,苏州的仲春仍是这样好,窗外的绿意又浓了一重,一夜之间花又开了,经纬他在自己的世界里找到了最美的江南。

愿你心有远山 安于当下　105

酿花调琴

步步生莲/106
若无风雅　不足以弹琴/108
与其曲谨　不若疏狂/111
天地人和　坚守于心/114
不如怜取眼前人/118

步步生莲

这是丙申年五月的一天,常德市文化宫旁边的一条巷子内,古玩市场里书画、陶瓷、玉器等各种古玩琳琅满目。

此时晨光熹微,早晨的空气湿润而清新。早晨八点,有妇人出门买菜,有生意人叫卖着商品,有路过的行人吃一碗米粉。我闻着早晨略带湿气的味道和市井烟火气,发现生活也是这样的活色生香。

我与子乐约在这里相见,刚一转身就看见了他,他踏着早晨的清风而来,一身中式布衣,容貌清雅悠远,丰神秀逸,步步生莲,仿若春风晨拂。

我在心里惊叹了,这男子相貌生得好,还自有一种虚怀若谷又风雅禅意的气韵,人间少有。

友人子乐与我是同龄人,但有着常人不同的经历。自小跟着父母学戏,后来考入中国戏曲学院,攻读舞台导演专业。素来厌倦都市喧嚣,痴迷古典文化,毕业即返家乡创办了"不昧清舍",研习琴、香、花、茶、曲,活生生的现代"白子画"。

子乐平常不忙时,一般会在周六周日来古玩市场淘宝,所谓的"淘宝"并不是花大价钱收藏那些古玩陶瓷,而是看到自己觉得美的东西便会收入囊中,也不在意它的收藏价值,自己喜欢就好。

我与子乐相识相知,实属我们之间的因缘。当下,不追慕身边人来人往,也不喜欢人多扎堆,和同道之友在一起才是最相宜愉悦。

结伴去古玩市场,跟随他一天日常的生活,拍照聊天。当下我既是他的朋友,也是一个记录者。那一刻,纵然是在最寻常的市井生活里,我依然从他的身上闻到了浩然之气。

若无风雅　不足以弹琴

他从古玩市场里溜达一圈之后,并没有发现心爱之物。于是我们驱车来到一家花店,挑选这里的鲜花,用于插花。

子乐是一个很恋家的男子,当初从中国戏曲学院毕业之后,第二天就回到了自己的家乡。他的生活节奏很慢,有点像古时的谦谦君子,琴棋书画,诗酒花茶,古人八大雅事都快要被他占尽了,有时我们都调侃他是现代的"白子画"呢。

也许在朋友们眼中,子乐似乎过着神仙般的日子。如果不忙工作,他待在雅舍喝茶、闻香、插花、听戏、弹古琴,家中花香四溢,看过一年四季。

其实他曾经对人生也会有困惑,"年轻时是非观强烈,但现在在看过一些事情之后,心得到了扩展,现在我看什么都很好,人有时需要随顺众生。"

挑好了鲜花,我们去他家对面的菜市场买菜,他走在前边,我跟着身后拍照。但他走在带些俗气与喧嚣的菜市场里并没有什么不妥,他依然过着脚踏实地的生活。

有时候,生活的真意不在于全部要追求雅致,也在于简单的日常。一会儿唱,一会儿弹,闲来掐花一枝,困时随处酣眠,这才是自己的"乐子"。

"人过得太仙那就不真了。"

买完了菜,我们回到了他家。刚一开门,家中阳台种植的金银花花香浮动,在这暮春的上午,格外地欢喜愉悦。雅舍颇有古意,竹子、芦苇、枯莲蓬,随处可见绿植花木。

他到家的第一件事,就是修剪刚从花店买来的花枝,之后插入瓶中。只要有心,就能看到不同季节不同的花枝带来的美。

"不喜繁华都市,就愿待在这样的小城市,做点养活自己的事儿,读书插花弹琴,会会天下的知己,如果可以的话,再临山建一个小院子,我就知足了。"

一个人把自己的生活过好,才是正理。

当下更多人选择的是进,而你为何选择的是退?

他说,刚从中国戏曲学院毕业的时候,他想回来的感觉特别强烈,拿到毕业证的第二天,他就把户口从北京迁回家乡了。"那一刻,一分钟都不想等,想断了自己的退路,一定要回故乡。"他很庆幸知道自己要的活法。

若无风雅,不足以弹琴。琴棋书画诗酒花茶,人生八大雅事,除了酒,子乐几乎都会。但是他依然以古琴为主。他说时间和精力是有限的,允许自己知其然,可不知所以然。做自己喜欢的,学自己热爱的,缘分到了自然圆满。

一般子乐工作不忙时,随自己的心意生活。出门游学,或下乡淘物件,归家饮茶,盘腿子哼鸣戏曲,平常日子也有乾坤。他说,此生不忘生死根本,余下光阴不过是酿花调琴。

心有清欢,则处处清欢。他不过是在用自己的方式,去探寻生活的另一种可能。

110　愿你心有远山　安于当下

与其曲谨 不若疏狂

"不昧清舍"是他自住的房子,家中的格调完全古式,里面布置老旧柜子,墙上挂着字画,方木桌上摆放着清雅的茶器。他的家自然而然会吸引一大批性情友人。

平日他穿一袭宽袍汉服,在他的雅舍里,内藏乾坤,春夏可以喝茶赏花,冬日可以围炉听琴。他是一个把入世跟出世融合得很好的男子,既仙风道骨,又入世安稳。

他的家中,皆是杯杯碗碗、坛坛罐罐,大多是从乡下农户家淘来的。不忙的时候,他或品茶,或弹琴,或焚香,或习字,或唱曲,或做手工。样样皆通,而且每样他都做得极好。

每次来子乐家,他家总会有好茶,红茶、白茶、黑茶、岩茶、普洱应有尽有。当然他也向爱茶的友人出售茶叶,自己亲手做的包装盒,自己写的字,包好了一款茶便封存起来,等待有缘人把它领回家。

他习的是中国台湾茶道,中国台湾茶道与日本茶道的"和敬清寂"不同,侧重于对茶叶本身、与茶相关事物的关注。台湾茶道享受的是一种品茶时的舒适感,让喝茶的人感到轻松自在。

他对茶的每道工序都去体验,用心喝茶,各得其法。

可能会有人说,这样的男人世间少有。我们大多数人都奔波于生存之中,或者是追求更好的生活品质当中,哪有金钱和时间去过文人雅士的生活。

我想说的是,生活本就离不开柴米油盐,要说最大的区别,不外乎是各人的生存价值的重心不同而已。孰重孰轻,还得看个人志向,就本质而论,不过是求仁得仁罢了。

有时候,无须去深山幽谷里寻找清净,也不必跟随着众人去名寺古刹寻求安慰,浮躁的时候,置身于活得简静的人堆里,内心自会清凉。

"故君子与其练达,不若朴鲁;与其曲谨,不若疏狂。"在子乐的身上,我看到了他的谦谦君子之风。

上了二楼,他亲自布置了佛堂,墙上挂着古琴。我问他,第一次踏入佛门是什么时候。

"十二岁吧,第一次去广州六榕寺,也不知道佛是干嘛的。反正见着就安心,后来十六岁时我还拎着两袋水果找出家师父求皈依,现在想想挺有趣的。"

看你时常在苏州、杭州、终南山等地游学,拜访一些大师,从他们的身上,你获得了什么呢?

"年轻的时候想标榜自己成为一个修行人。那个时候还有点装格调,而现在我更愿意真实地活着。经过这些年,我见到了这些大师,他们给我的感觉,更多的是从容和随顺,出家人也有平常的生活,琴师也有平常的生活,每一个人都有美好之处。"现在的他,更多了一份从容。

聊至中午,他说,我开始做饭了。

也不用我帮忙,自己摘菜、洗菜,在厨房有条不紊地忙碌起来。我给他拍了几张照片,趁他做菜的工夫,我就着茶看起书来,一会儿,厨房飘来菜的香味。

约三四十分钟,饭菜做好了。有青菜,腌鱼块,竹笋炒肉,还有之前他的朋友送来亲手做的饭团。我们一边吃饭,一边絮絮叨叨聊起家常,他会提起以前的往事。

这样的闲话家常,生活中的细节本是这样自然自在,人与人之间也彼此贴近。

天地人和 坚守于心

吃过午饭后,我们坐下来喝茶闲聊。开始聊起古琴。

你本是学戏曲出身,是什么时候对古琴感兴趣了呢?

"我在学戏的时候,就有一出《空城计》,这出戏讲的是诸葛亮的故事。我从小就喜欢诸葛亮的风度,他是散淡之人,并心怀天下。因为很喜欢诸葛亮,再加上他会弹古琴,所以我也喜欢上了古琴。真正痴迷古琴是在工作之后,这样就走上了这条'不归路'。"他和我聊着话,一双净白的手抚着古琴,仿若琴就是他的爱人。

对于一般初次听古琴的人来说,你有什么好的推荐曲目?

"古琴大致有几类曲目,有一类是怡景,如《良宵引》;有一类是怡情,像《醉渔》《阳关三叠》《渔樵问答》;另一类以人物为主,如《广陵散》;还有一类是佛教琴曲,如《普庵咒》等。"

现在古琴开始流行起来了,有一些人想学古琴,应怎样学呢?

"我觉得最重要的还是自己有多喜欢它,自己起的这个因,发的心有多大。如果不喜欢,弹了几个月就学不下去了。如果只是觉得流行,你也玩一玩,这种是坚持不下去的。古琴它不仅仅只是一门乐器,所谓琴棋书画是修自己的性情,但古琴是耗钱的艺术活,最好还是在生存之外学古琴最好。"

喝了一会儿茶之后,上了二楼,我听他弹古琴。

古琴为四艺之首。在古代,它不仅是一张琴,更是礼。其音域宽广,音色沉郁悠远,弹琴长啸,诗酒雅集,被引为风雅之事。

古琴,它时而厚重沧桑,时而悲切清冷,时而侠骨铮铮,抛却伏羲制琴的千年悠久历史不说,伯牙子期的知音美誉不谈,琴棋书画之首的地位不论。端是在我们凡人手中,它就是一把七弦琴,却自是独一无二。

弹琴下指需要沉静,曲调雅正,听欲静处不逐声色。在突破技法之后,就需要对心性进行修练,这应该是所有艺术表达的同归之路。

古琴的清微淡远,通过琴音触及到的不过是我们的内心。

子乐属于苏州吴门琴派,吴门琴派的"清、微、淡、远"这种意境的琴曲更让他喜欢。"我的工作是舞台导演,天天沉浸在七情六欲里面,所以清静的曲子更能打动我。我弹琴是想寻找到内心更大的愉悦,发多少心对它,它就对你有多好。"

大抵是有怎样的心,就有怎样的琴音。

整个下午子乐弹了三首琴曲,《石上流泉》《欧鹭忘机》《忆故人》。布衣素面,相貌清奇,一派风光月霁,他的身上有四十岁男人的笃定和沉稳。

古琴也分两类,一类是"山林",一类是"学院"。以此区别业余与专业,子乐走的是"山林"路线。

"山林有闲情,不随岁月变幻,只在于内心交流的心得。学院是严谨的,非常讲究音律。但这两类没有哪个好哪个不好,学院派是秉持传承,山林传达的是人文精神。"

古人弹奏古琴,师法传统,更师法天地造化。在子乐眼里,弹琴仍然是在追求"天地人和"。

喝着淡茶,听着琴声,我的心下一片俱静。琴曲初时听疏淡清冷,会觉得索然,但听得久了,便能感觉到它的趣味无穷。

突然之间会有种今夕何夕的时光错觉,置身此处只觉乐事赏心,所谓人间极事,莫过于此。一时春风得意,一时折戟沉沙,都不能下定论,只有眼下,仿佛明月清风自在心怀。

我盘坐地上,琴声甫起,忽然间四下杂音遁去,万籁俱寂,仿佛我和他就是遗失的古人。

古琴传承,只有两个字。但做事,却灌注在日常的点点滴滴里。从他的身上,我看到了一个琴人的坚守。

愿你心有远山 安于当下 117

不如怜取眼前人

子乐在没有遇到叔霖之前,是打算独身一世的。

他是翩翩浊世贵公子,世俗男女情爱,他早已在这锦绣中走过几遭,纵使从前情爱千般风情,百般旖旎,但他半点将就不得。

可是谁不想有一个清澈的爱人呢,一起食温粥小菜,闲话家常,待到晕影青幽时俩人在火炉前打盹,或是你读一首小诗,我唱一首情歌,一起细数陈年。

早前,父母也时有催促,劝他眼光不要太高了,好好找一个女子相伴到老。但对于爱情和婚姻,他觉得若是寻不到心爱之人,宁愿对一张琴,一杯茶,一炉香也能安度一生。

子乐和叔霖都是常德人,他认识她的时候,叔霖在杭州生活,她是一名女童服装设计师,在杭州经营着自己的服装工作室。当时叔霖的母亲是子乐的朋友,彼此在没有见面之前,就已经知道了有对方这个人。

叔霖是一个浪漫、理想主义的天蝎座姑娘,从小喜欢欧洲古典艺术,喜欢面包、咖啡还有小洋裙与老电影,故乡在此之前并没有值得她留恋。所以从读书到出国留学,她一直往外走,对于爱人,她觉得如果不是对的人,宁愿一直和自己在一起。

后来,叔霖从杭州回来探亲,第一次见到了母亲和朋友口中常提到的这个男子。那是一个月色正浓的夜晚,她去子乐家喝茶,俩人初次相见,便如春闺梦里人,对方从梦里分花拂柳而来。纵然过去遇见的人是鲜衣怒马,也不抵当下的情愫暗生。

男女之爱,你再是爱得山花烂漫,若是逢着不爱你的人,便是徒然。若爱上了对的人,无关时间和距离,就那么杳杳而来,于刹那间一相逢,便喜不自胜。

这一结识,对彼此而言是惊鸿照影来,是心海只为对方一人惊起无数涟漪,是纵然你我渺小如尘埃,依然想要追寻心中的那份真情。只是当时一个在常德,一个在杭州,俩人并没有互相吐露心声。

刚开始,叔霖以为子乐是"王子",没想到他却是一个穿长衫的"王爷"。后来相识久了,也因此看到对方私下生活的另一面。只要她有空回来,便时常相约一起喝茶,一起看戏,出去旅行,慢慢地彼此走得越来越近,能心满意足地在冷风中躲进他的怀里,眼角眉梢全是笑意,这大概是她最欢喜的时刻吧。

丁酉年四月,我参加了子乐和叔霖的婚礼,这一天是子乐三十岁生日,他选择在生日当天迎娶叔霖。婚礼现场,有人问子乐会怎样去爱你爱的人,他说如果我只有一个馒头,我会全部给她。

他早些年单凭直觉和本能爱人,长到如今年岁早知人事多变,可唯独对她,仍拿得出这样信心与真心笃定,命运待他仍是慷慨。

如果在古代,子乐和叔霖一定是一对隐姓埋名的侠侣。山间筑一处

院子，舍畔种下梅花和芭蕉，秋来用桂花酿酒，冬来围坐红泥火炉，春来一起浪迹烟雨江南，两人共撑一伞。

而在当下，他泡茶，她看书；他做完饭，她会去洗碗，这一切从没有过谁安排谁；她穿时尚短裙，他穿传统长褂；她读欧美经典，他读宋词元曲；她喜欢吃面包，他喜欢吃馒头，完全不同的两个人生活在了一起。慢慢地她也想吃馒头，他也喜欢上了面包。而这一切除了累世的因缘与菩萨的垂怜，还有今生的爱。

和任何一对夫妻一样，他们也曾有过矛盾和分歧，但彼此不喜欢争吵，会在事后沟通和好。子乐和叔霖都是看尽人间春秋冷暖之人，深知最为可贵的是彼此的心意相通。

在婚姻里，除了爱，还有更重要的是与尔同行，子乐一直用行动去支持叔霖觉得对的事。他尊重她的一切爱好，对她始终如一，并且时间越久对她更好，世间万千，只愿怜取她一人。

你爱的人也恰好爱你，该是何等赏心乐事。子乐和叔霖对每一个被时光慢慢磨去的日子都带着深情，他采摘阳台种下的豆角，炒一盘清炒豆角给她吃；她清晨起来为他泡上一杯热牛奶，再笑盈盈唤他起床；他晨起朝露折几枝花，插在白净的瓷瓶，她伏下身去闻一室花香，他用手机拍下她那一低头的温柔。这样的日子一茶一饭都会觉得隆重，俩人时时刻刻如花在春。

琴瑟在御，莫不静好。他为她倾尽温柔，愿陪她走完今生岁月，笑谈琴棋书画，也食柴米油盐，然后静静地坐在一起等日薄西山，待月上柳梢，随心所欲地老去。

人世悠长，但愿时光能够成全我们花好月圆的美意。

愿你心有远山 安于当下　123

情不知所起　一往而深

花似人心　向好处牵/124
心心在一艺/127
春心无处不飞悬/131
愿此生终老温柔/134

花似人心　向好处牵

时光倒退至她 16 岁的时候，那时她是戏校班里第一个化彩妆上台汇报演出的人。帷幕缓缓拉开，所有目光炙热如烛，她的眼睛宛如受不住这份炽烈，在躲闪轻掩那一瞬间忽然抖擞如炬。

素白的水衣，精妙绝伦的点翠，戏衣上的描龙绣凤，一支笔勾勒出细长柳叶眉。笙笛响起，她深吸一口气，款款登场，莲步微波，霍然踏出了第一步的流水行云，就像踏出的并不仅仅只是一场演出，而是踏出了她一生的春闺梦。

朱璎媛是江苏启东人，从小受母亲的影响，爱听越剧和黄梅戏，也爱唱歌，和很多把床单披在身上当裙子穿的小姑娘一样，她从小就喜欢文艺。16 岁时，她来到苏州，从众多考生中脱颖而出，考上了苏州评弹学校昆剧班，从此开始了与昆曲相濡以沫的日子。

不入梨园，不知学戏之苦。入戏校的时候她的骨架已经成形了，刚开始翻跟头会翻晕过去，一练功两个小时不停歇，全靠一股气一直撑着，体力也是那时候练出来的。

朱璎媛主攻闺门旦，以身段、声腔、水袖的基本功为主。虽然身段看似轻柔,但是骨子里是贯穿着劲道的,好比打太极拳一样,练功下来非常地累,累的是要控制气息和骨子里的那股劲。

也许是从小耳濡目染的丝竹粉黛留下了印记,也许是倔强好胜的个性使然,小姑娘硬是挺了下来,哭过、气过、叫屈过,就是没有放弃过。昆剧班里的小姑娘个个都娇媚漂亮,她在班上并不是外形最突出的学生,但是她的天赋和接受能力比较好,正是如此,每次学戏的时候老师总是最后一个才让她走,让她多学多练,汇报演出也是第一个彩排的。

她16岁入科班,这些年没干过别的,只为了学戏演戏。学什么?学的是一板一眼、一招一式的"规矩"。梨园行的名言"清清白白做人,认认真真做戏",说的便是规矩。

每天早上戏校的操场上,此起彼伏着咿咿呀呀的叫嚷,那是朱璎媛每天必做的开嗓功课。除了练嗓,像勒头、吊眉、上假髻、贴片子、戴头面……这些细节一个个都要上心。对于闺门旦一类角色,这样的前奏要消耗两个小时,只为了呈现台上最美的角色。

她,一个喜欢文艺的小姑娘,对昆曲似乎有一种天生的悟性。用行话讲,叫祖师爷赏饭吃,这正是应了一句戏词:恰便是花似人心,向好处牵。

126　愿你心有远山　安于当下

心心在一艺

昆曲早在元朝末期产生于苏州昆山一带，它与起源于浙江的海盐腔、余姚腔和起源于江西的弋阳腔，被称为明代四大声腔，同属南戏系统。昆曲作为中国汉族传统戏曲中最古老的剧种之一，被称为戏曲百花园中的一朵"兰花"。昆曲糅合了唱念做打、舞蹈及武术等，以曲词典雅、行腔婉转、表演细腻著称，被誉为"百戏之祖，百戏之师"。

昆曲多为才子佳人戏，其行腔优美，以缠绵婉转、柔漫悠远见长。昆曲唱腔华丽婉转、念白儒雅、表演细腻、舞蹈飘逸，昆曲中的许多剧本，如《牡丹亭》《长生殿》《桃花扇》等，都是古代戏曲文学中的不朽之作。

朱璎媛从苏州评弹学校昆剧班毕业之后，进入了苏州昆剧院，成为了一名昆曲演员。曾师从柳继雁、张继青、张静娴等昆剧表演艺术名家，成功塑造了《牡丹亭》中杜丽娘，《西厢记》中崔莺莺，《玉簪记》中陈妙常等人物。

一代京昆大师俞振飞曾说过，"演戏必须有真情实感，才能入戏，才能动人。"每演完一场戏，朱璎媛都兴奋得很难入睡，都会在脑子里一遍遍地过，对于昆曲演员来说，"练功"不仅仅是在舞台练，更要在脑子里练。

台上的朱璎媛风格多面,若是杜丽娘,便是大家闺秀的贞静婉约;若是陈妙常,则偶尔会嘟个嘴,是小家碧玉的可爱;若是阎惜娇,则是眼波流转的妩媚。

"心心在一艺,其艺必工;心心在一职,其职必举。"这句话落在朱璎媛这里刚刚好。2006年,朱璎媛凭着自己的努力,参演了白先勇青春版《牡丹亭》,这出戏对于苏昆乃至整个昆曲界的意义之重大是不言而喻的。

2008年日本著名的歌舞伎表演艺术家坂东玉三郎为排演中日版《牡丹亭》,到苏州昆剧院挑选小花旦春香。当一沓照片排在面前,他一眼选中的就是朱璎媛。

有一次在《西厢记》的演出中,朱璎媛出演B组的崔莺莺,就在演出前四天,A组的演员因为身体原因无法上台演出,角色的重担一下子落到了几乎没有参与排练的朱璎媛身上。

在没有任何彩排的情况下,直接面临演出,她承受着巨大压力。但面对上台机会,朱璎媛还是咬咬牙扛了下来,在四天内拼命练习,最终完成了完美的演出。

戏曲是一个看重师承的行业,这个行业几百年的口传心授,从来都是无法替代。"师恩"二字对于戏曲人而言,太重太重。

"我能够遇到德高望重的恩师们,真是今生有幸。像张继青老师她身上的品质很吸引我。她平时对人很严格,很耐心纠正我的错误。她也没有门户之见,主动让我经常跟别的老师学戏,开拓眼光,这才是真正意义上的老师。还有张静娴老师,她成名很晚,但是她的艺德和对昆曲的执着与坚持让我敬佩。"

她谈及昆曲艺术的传承,说起近几年的发展趋势越来越好。"一个人只要接触到昆曲文本,会被文本所表现的细腻感情打动,进而想要看现场的昆曲表演。昆曲有艺术感染力,好的昆曲作品像烙印一样烙在心里,永远挥之不去,给你带来精神上和感官上的享受。我是后来才知道昆曲有多么好,很幸运能够做昆曲演员。"昆曲惊醒了朱璎媛内心深处对艺术精致细腻的美好情牵。

舞台上的她一声吴侬软语的水磨腔,唱出了命运沉浮;水袖轻拂,绕出了红尘滚滚;眼波儿一转,便是绵绵情意。唱念做打与手眼身法步,这多年功底不言自明。

由内而外,由外而内,朱璎媛与昆曲相守多年相濡以沫,在一次次的水墨昆腔中她寻找和表达着自己。"每个对自我有要求的演员,都想跟着前辈多学戏多传承。我的初心就是为戏而生,从一开始踏上舞台,从来没有想过要离开它。"

水袖轻轻甩起,灯光打在她的身上,身形隽美,满脸娇羞,唱腔清丽,现场乐师们演奏也恰到好处。那一刻昆曲柔情似水,钻进了她心里最柔软的那个部分。

130　愿你心有远山　安于当下

春心无处不飞悬

朱璎媛演过那么多柔弱多情的女子,如杜丽娘、崔莺莺、陈妙常,问她最喜欢戏里哪一个人物,她沉吟一会儿,准确说出了"杜丽娘"的名字。

"昆曲的每个人物都有可爱的一面,但最吸引我的仍是杜丽娘,我的个性比较接近她,我是一个感性的女子,很理解她的爱情观,在塑造她的时候,会把自己想象成是她,有时候角色和自我是分不开的。"

《牡丹亭》是昆曲的代表作,没有演过杜丽娘就等于没有演过昆曲闺门旦。朱璎媛太爱演杜丽娘了,一切的深情都从一个美好的梦境开始,杜丽娘"游园",也打开了她的绝妙情思。

杜丽娘在古典戏曲中是少有的少女形象,作为南安太守杜宝的掌上明珠,她的出身决定了她应该成为具有三从四德的贤妻良母的形象,可是在婢女春香的引诱下,她的青春活力和对爱情的渴望完全被焕发出来。这一折戏的好看之处就在于杜丽娘的纠结和矛盾,时而喜时而悲。

演绎这样一个美丽的大家闺秀,朱璎媛从形象上就有很强的代入感,杜丽娘过分的伤春感怀是演员需要着重刻画和塑造的。但是朱璎媛的表演让人物可爱且有层次感,让人深入了解杜丽娘的心境。

一片空旷的舞台,几声轻点的锣鼓,杜丽娘出场了。那多愁善感的女子,踩着婀娜的小碎步,朱璎媛定身夺目,一身鹅黄的绣花帔,从重重帷幔的一端迤逦飘来,双眸流转间启唇低吟浅唱,看姹紫嫣红开遍,叹豆蔻年华,春思如梦。

"最撩人春色是今年。少什么低就高来粉画垣,原来春心无处不飞悬。"一曲缱绻撩人的《懒画眉》,从舞台上悠然而起,不着痕迹地传递到全场的每一个角落,轻轻撩动着你的心尖。

台上,朱璎媛的眸子只轻轻一扫,那流转生动的眼波便唤醒了全场生机,她的美是天然流露,不需任何雕琢,那道恰如其分的美,足以动人。

无论是《游园》看花时,环视微露喜色,还是《惊梦》梦去低眉神忧怨,目光暗流转,收敛含羞意,迷离又渴望。

何以解忧,唯有笙歌,仿佛只有丝竹之乐才抵得过人心凉薄。感觉我们的人生越往后走,越觉得时光的珍贵,更需要精进自己,但偶尔也会觉得人生苦短,当下须尽欢。

愿你心有远山 安于当下　133

愿此生终老温柔

今年三月,我去苏州昆剧院去见她,她卸妆之后一席素色长裙出现在我面前,依然是这么美,说话轻盈娇媚,端庄大气,对着我露出甜甜的微笑。刹那间让人感叹,如花美眷,不外如是,和她待在一块,周围都有香气。

她似乎天生古典的眉眼,上妆是卸妆亦是。一抬手一瞄眼便是一轴古画,即便生在古代,她亦是从画中走出的大家闺秀的模样,由内而外都是少女,举手投足,端然而有天然意趣,绝不仅仅局限于扮相,正如她扮演的闺门旦。

褪去了舞台上的浓墨重彩,生活中的朱璎媛仍是一副少女的样子,像是被上天特别眷顾,保留着一片充满美好和浪漫的天地。

有人说,女人三十岁之前的长相是父母给的,三十岁之后是自己修炼出来的。朱璎媛就印证了这句话,她对内在修养的追求,使她依然少女如初,昆剧教会她修炼出了一颗"少女心"。

由于工作的关系,朱璎媛的生活和昆曲几乎分不开,她演的行当是闺门旦,演出练功时候随时都要保持少女紧致挺拔的状态,所以生活中也会习惯注意自己的仪态,"讲究"这两个字一直挂在她口边。

对于昆曲闺门旦来说,内外兼修显得更为重要。"我喜欢雅致的生活方式,绘画、古琴、书法、香道、插花,都会去学习,还喜欢拍点小花配点小诗。昆曲演员需要了解琴棋书画等传统文化,不能装,要让观众知道你是真正的大家闺秀。"

平常如果不排戏、不演出的话,她会宅在家里读书。昆曲最吸引她的是对自身的改变,可以说昆曲滋养了她的外表和内心。"在家里读书心会沉淀下来,读着读着渐渐就进入了古人的心理状态,悠闲自得,不会过多浮躁,对于我来说,是一种享受,是一种乐趣。"

在这片风调雨顺的江南,风雅依旧吟咏。姑苏的美好,极其适合女子,低眉细腰,操着吴侬软语,袖子里藏着苏绣的手绢,怎么想怎么一个动人。

"苏州最打动我的是慢节奏,这里有很美的园林,有很美的春天,来苏州之后才知道为什么姑苏被称为天堂。苏州它在滋养着你,丰富你的人生,我与姑苏是息息相通的。"说话间,朱璎媛的面容渗透着一种自如。

"情不知所起,一往而深。"她对昆曲的痴迷正是这般,愿此生与昆曲终老温柔,白云不羡仙乡。

愿你心有远山 安于当下　137

我心素琴弹

人生自是有琴痴/138
悠然一曲琴声远/141
赌书消得泼茶香/144
何妨吟啸且徐行/146

人生自是有琴痴

见到小熔姑娘的时候,是"若待上林花似锦,出门俱是看花人"的好时节。我从湖南而来,她在姑苏等我,我们如这莺啼春日一样,恰时正相见。

人世间固然总有不如意之事,但见到相知之人更应珍重,这世上没有非见不可的人,却会有相遇的动容。

她平常穿汉服,不是在家弹琴教琴,便是携琴和洞箫独自上路,结识同道中人,互相如切如磋,如琢如磨。视琴如命,视茶如友,独自一人去藏区支教,睡过破烂旧屋,也曾在四面透风的教室里挨过寒冬,每年会去藏区寺院学佛,她是一个集才艺与侠情于一身的姑娘。

世间女子,能若她这般洁净又踏实,任凭世事万象丛生,内心始终山明水秀,一清二白的,真真不多见了。

苏小熔是广东潮安县人,地理硕士出身,读大学时,她加入了学校的器乐团,认识了一帮爱好音乐的朋友,大四那年,一位朋友邀请她参加聚会,正是如此,让她结下了与古琴今生之情缘。

聚会的当天傍晚,大家聚在海边畅聊人生和音乐,这时,一阵海风吹来,震动了一位琴师带来的古琴。"那声音就如同天籁一般,瞬间打动了我的心灵,我当时立刻认定古琴是我一生的追随。"小熔说,她立刻向这位琴师刘笔华提出想要学琴,但他说学古琴要讲究缘分,而她并不适合学。

小熔性格很倔强,听了他的话后,心里有点气愤,就把那位琴师推进了大海。就在她伤心失望的时候,刘老师站在海里开玩笑地说,如果她能跳下大海,像他一样全身湿透,就愿意教小熔弹古琴。她想都没想,立刻跳进了海里,看到小熔如此的决心,琴师就收下了她。

这位琴师可以说是小熔学琴路上的第一位贵人。在得知她家境贫寒,学费靠奖学金,生活费靠自己打工挣钱后,刘笔华垫了钱帮小熔买了她人生中第一张古琴。就这样,小熔跟着他学了整整四年琴,到她研究生毕业的时候,已经有了深厚的古琴技艺。

来苏州之前,她的第一位琴师就告诉她学琴是一辈子的事,可以去苏州追随吴门琴派创始人叶名珮先生,希望她不仅向叶老师学习琴艺,更应学习叶老先生的琴德琴心,做一名平和不争的琴人。

2013年小熔来到苏州,创立了禅茶琴韵生活馆,因对音律的共同爱好,她结识了箫笛演奏名家石冰,通过这位朋友的引荐,后来小熔又多次上门拜访叶名珮先生,终于拜在其门下。

你是苏州吴门琴派创始人叶名珮先生的弟子,从叶老先生身上学到了什么呢?

"叶老师是一名非常慈祥的老奶奶,今年快89岁高龄,当时她和她先生住一起,两人都年岁已高。虽然家里请了一位阿姨,但大多都是自己做饭做家务。家里的沙发也是非常破旧的,只用旧床单盖在沙发上。叶老师生活上非常简朴,事事躬亲,从她的身上我学会了如何做人。"她坦诚说道,老一代琴人的艺德对她熏染最大。

小熔告诉我,初来苏州时经济紧张,叶名珮老先生知道她比较困难,也曾给予她帮助。叶先生有一个时间表,今天谁上课,明天谁上课,都会一一记下来,就怕自己忘记了。她操缦七十几年从未间断,从她的琴音里,能听出一切凡间烟火,琴音里有她的风骨和气度。

悠然一曲琴声远

小熔大学学的是地理专业,毕业之后是准备做老师的,这个专业在当时非常受欢迎。但是她从小就喜欢传统文化,再加上在学校已经学了几年古琴,她想以琴茶为载体,教学相长,同时接触与之相通的太极和书画,最终再回归古琴。

于是她研究生毕业之后,完全是带着一腔热情和理想来到苏州。初来时还瞒着父母,在苏州一个人都不认识,每天都是入不敷出,第二年才开始好转。

小熔信佛,读书时就已皈依,成了一名在家修行的居士。缘于信佛,她在苏州创立了禅茶琴韵生活馆,不定期邀请硕德良贤讲习茶道、古琴、书画、花道、香道、国学等课程,也主营凤凰单枞、普洱茶、老白茶。但她这里没有商业气息,来的都是志趣相投的男女,弹古琴,喝喝茶,吹吹箫,说说生活日常。

无论冬夏,小熔都着一身汉服,头发绾在脑后,仿佛穿越时空而来的人。在常人看来,未免有几分突兀,但她只是兀自行事,从不理会世俗的眼光。

在此之前,她曾经吹笛子和洞箫,但终究觉得自己的习性还是与古琴更为契合,于是将自己的心志专注到古琴的传习上来,每天坚持练琴,也教学生弹琴。

弹琴是为调心之用,所以,古人称弹琴为调琴。嵇康曾言:"众器之中,琴德最优。"听琴声可以感悟人心,心态好不好,都会直接在琴声上反映出来。

"我接触过很多乐器,古琴就像一种陪伴一样,不管在什么样的心情下,弹琴让我舒服和自在。弹琴要留白,有变化,不能一古脑儿地弹完,缓急、松紧、快慢、张弛,它有自成体系的美学。"小熔说。古琴是琴声、心思、呼吸三者之间的磨合相应之后,最后终于心静、气匀,琴韵才可心生指应。

对琴人来说,没有什么比云游四海、以琴会友更让人畅快的了。小熔除了在家弹琴教琴之外,也时常参加大风堂琴社雅集,结社、弹琴、吹箫或园林听花落,或郊游溪畔,不管外界如何,她依旧秉持内心的清静。

在禅茶琴韵生活馆里,小熔经常举办古琴公益课程。"古琴是文人修身养性的法门,也是我的知心情人。它真正的意义不在于技巧和表演,而在于性情的转化和心境的洒脱。"她开办生活馆只是为了向更多的人推广古琴艺术。

她弹琴时有古意和拙朴,让人回味;喝茶时有疏朗和清雅,悦人心目。我们在一起相谈,即使只是短时间的相处,也如同心心相映。这是女子和女子之间的情分。

天地寂寥山雨歇,几生修得到梅花。多数的人浑浑沌沌,在现实的浪潮中随着世事起伏。少数的人洞察世情,长于谋划,奋斗不止。只有极少之人能守持本心,在人生沉浮面前能巍然不动。

世间琐事无穷,我辈光阴有限,唯有一颗自在之心难得。

愿你心有远山 安于当下

赌书消得泼茶香

小熔姑娘爱琴,也爱茶。她专门在生活馆布置了几个茶席,素色茶杯,公道杯,盖碗,并非名家之作,皆是常见之物,但是放在她的生活馆里,却自有一股脱俗的雅气。习琴之余,可以自己饮一杯茶,也可以与友人同饮。

她生长在广东潮州凤凰茶山,从小就接触茶。她打小就跟着家人喝茶泡茶,在还没学会跑之前,她就先学会了采茶。对于小时候的小熔来说,茶就是茶,就跟吃饭喝水一样平常。

也是在大四的时候,小熔开始跟一位禅师学习茶道。等她慢慢地了解了茶,才发现了它们的可亲可爱。"还记得第一次遇见茶气时的欢喜,第一次感觉到它也是一个生命体,和我们一样会呼吸。看着它遇水重生,在水中又一次地绽放生命时的感动。那时接触的是绿茶,看着它在水中如孩儿般欢快地舒展,不断冒出呼吸的泡泡,一会又如少女般亭亭玉立,让我感到了自然生命的奇妙。"

"我特别喜欢听泡茶时煮水的声音,好像让人有置身山间的感觉,古人操琴多以琴声诉诸心声,泡茶同样如此,也是一种情意的自然流露。"

小熔啜一口茶，徐徐道来。

看小熔泡茶，内敛节制，这也是得益于她的修养。心态不稳，泡出的茶，就会味道杂陈，无论弹琴饮茶，都要守心如一。她的内在气象在琴音里，也在茶汤里。

除了喝茶，文人四艺琴棋书画以及明代风行的生活四艺煮茶、挂画、插花、焚香，也是小熔所倡导的中式生活美学方式。

"在我的理解中，琴棋书画诗酒花茶不是高高在上的，它是很生活很实在的，比如茶是人与人之间的一种联结，春夏我喜欢喝单枞，喝下去口腔都很香，冬天会煮老茶，整个身心都很暖。"

小熔每天早晨八点开始练琴，然后给学生上课，学生走后，她开始写字，打太极。世间清淡的善女子总是少见，但尘世中仍有这样的人可天心月圆。梨花下，小院内，煮一壶茶，长夜倾谈，还有远处的琴声笛声缥缈。

"很多人看我不是弹琴教琴，就是喝茶写字，都很羡慕我。但是做好一个自由人，要学会独处，要耐得住寂寞，每天仍不断坚持学习。还有人生下来就是要好好生活好好过，现在我生活的重心可能会慢慢转移，接下来准备成为一名母亲，但是我此生视古琴如命，它依然一生陪伴我，不离不弃。"

我喜欢这样的姑娘，不耽溺过往岁月，不妄想桐花万里。赋闲时依时季而过，应世时也能进退有度。

何妨吟啸且徐行

小熔每年都会外出旅行,也会独自一人去藏区支教。

支教,缘起于 2010 年暑假,那是她第一次到藏区稻城。在那里,她遭遇了很大的心理冲击,许多藏区的孩子无法接受良好的教育。放了寒假之后她独自一人走进藏区,开始了支教之路。

"我现在还很清楚地记得,2011 年 1 月 11 日,我踏上了支教的路途。当时已经接近春运,车票很难买,我一咬牙花了 1000 多元买了一张飞往成都的机票,那是我第一次坐飞机。"小熔说,到成都后,要坐好几天车才能到预定的学校。一路上,她坐班车经过康定、甘孜,又和几个藏族同胞一起包了一辆面包车去德格县。

到了山里的阿须草原,一起包车的人都陆续下了车,车上只剩下她一人。这时已到傍晚,天色阴沉,手机也没信号,小熔根本联系不上学校的联系人。司机是一位藏族小伙,她不会藏语,也不认识路,只好让他带到附近的寺庙。

那座寺庙叫做岔岔寺,里面有很多附近的小孩,冬天聚集到那里学习。在那里她认识了岔岔寺的堪布尼玛江村,并在他的挽留下,留下来教孩子们语文和数学。

那是在四面透风的教室里,忍受着零下二十摄氏度的严寒,小熔给坐在地上的孩子们上课,孩子们非常好学,也很有礼貌,遇到老师都会行礼问好。教室里没有电,虽有炉火取暖,但浓重的烟味令人窒息,几乎每次都是一直咳嗽着上完课。幸好,还有琴茶相伴,在冬日里给她和孩子们带去一抹暖色。

后来,她在藏区还认识了一位不知汉字的藏民,他们之间开始了一段纯真至美的爱情,这位藏民曾经约定等她。她当时准备来藏区教书,为了他,还报名参加藏区当地的公务员考试及教师招聘考试,想要与他做一辈子的夫妻。只是因缘这样不巧,最后,小熔还是和这位藏民分开了。

还有一次支教,小熔选择了从未去过的红河州,这次她带着琴、箫以及茶具,老曹寨小学非常缺少老师,每位老师除了兼教数学和语文之外,还要维修水电,同时还是生活和心理老师。

小熔每次远行或支教,她发现,人只有在自然之中,才能够知晓人的内心谦卑、处境微渺以及居于时空之中的身心无垠,其实与万物无所不同,息息相通。

莫听穿林打叶声,何妨吟啸且徐行。我们所经历的一切,要么承担,要么突破。只要一个人心念到时,人生皆是花枝春满。

岁月这般静默,必然要学会热忱去爱才是美妙。

愿你心有远山 安于当下　149

有匪君子如琉璃

手持琉璃盏　心如明镜台/150
念念不忘　必有回响/154
惜物之人　亦是情深之人/157
公子皎若云间月/159

手持琉璃盏 心如明镜台

少年时我读《红楼梦》,在章回目录中读到"琉璃世界白雪红梅"令我直觉宝玉之好,就在这意境中的一个"清"字。而世事之好也常在这一个"清"字,使悠悠人世多了一分清净之味。

那也是我第一次听到琉璃这个词儿,即便我与它只是一瞥惊鸿,但再也没有任何一种想象能像琉璃完美至极。在我的想象中,琉璃如白云出岫,又如晨凝莹露,有光影和剔透之美。

哪曾想到今生能遇到他,看到他手心端握的一盏琉璃杯,我才体味到虚怀若谷、厚德载物的况味,亦终于明了,惜物之人,更是情深之人。

在我眼里,梁明毓就是这样的男子。

他双目有光,只要坐于茶席上,举手抬足间,没有缠绵不休,没有意难平,眼睛寸步不离手下的事。是潺潺溪流的从容温和,是内心翻滚时的一泓惊涛,又是红尘烟火中勾画着的世外桃源。

每个人心上都有一个地方,永远半掩着门扉,而明毓愿作那松下的公子,布一方茶席,手执这剔透的琉璃杯,等待有心人回返,任何心志情性的人,皆能在此中得到畅然。

琉璃又称流离,于西周滥觞,战国勃发,明清中兴,更是佛教七宝之一,象征着千年修行的境界化身。唐朝诗人韦应物曾在《咏琉璃》诗中写道:"有色同寒冰,无物隔纤尘。"古时,琉璃被视为比玉还贵重的材质,制作成各种珍贵的饰品和摆件,藏于宫廷,鲜见于民间。

然而,琉璃名家梁明毓却用一双巧手把这宫廷之物带到了凡间,用他的作品传递着琉璃之美。他承佛家之飘然禅意,创造出古法琉璃茶器,予万物长情,圆古人"欲饮琉璃胜仙家"的心愿。

《沐浴佛光》是明毓的第一件琉璃作品。

因迷恋佛像和琉璃的变幻,亦想表达生命对佛法的感恩,幸福与平和的感受,明毓设计制作了这尊"沐浴佛光"沙弥琉璃摆件。本是馈赠给客户的定制礼物,却不想这件作品开启了他对琉璃的探求之路。

一尊通体圆融的小沙弥像,稍稍仰起的面部,似在感受佛陀的慈悲。人世间一切熙攘纷繁,心中各色起落贪嗔,皆在此刻,得到一种庄严和悦的力量。

这件作品是按照敦煌莫高窟内阿难尊者雕刻的,也是明毓初学佛时最内心的独白。他把对阿难尊者的顶礼和赞叹全部融入这件《沐浴佛光》中,整件作品除了面部是精细刻画外,其他部位都简化到极致,身体手脚全部用圆润的线条来表意,也许正是这种极简之美才更清寂动人。

"当拿起生命的那盏茶杯为了觉悟一缕虚幻,我便微微扬头寻找,所有相遇在此刻邂逅,当我仰头之际,便是菩萨低眉之时,眼神刹那间交错,让我从此感受到瞻仰的殊胜,菩萨低眉是慈悲,一如我仰头是为了沐浴佛光,洗涤尘世间的眼,再用琉璃杯中清净之水养我慈悲润我心中净土,让我的灵魂从此净化。"这是《沐浴佛光》这件作品的文字,也是明毓当时的心境写照。

"我想用琉璃的材质,来体现佛的美丽和明澈的慈悲与智慧,折射万物生灵的灵性与晶莹。"明毓希望,不仅是佛像、茶器具,在以后的每件作品中,都能让观者感受到这种直达内心的抚触。

让初心与内力契合,让言行与信念相配,我们的人生才会梦里生香,那些美好喜悦的时刻,才会不请自来。

愿你心有远山　安于当下　153

念念不忘 必有回响

明毓六岁习画，后大学专攻国画工笔。如果按照既定的人生轨道，此时的他应是一名美术老师。

可作为地道的北方人，骨子里的不羁让他热爱尝试各种新的事物，大学毕业后他转行设计，之后创立了自己的设计工作室。后来因迷恋琉璃的表现力，亦想通过琉璃表达对生命的思考，开始沉醉琉璃的设计。

从知名设计师转身成为琉璃手艺人，不过几年而已。云南著名的茶人王迎新老师曾以明毓的"明如皓月"杯为主题，设计了一席白山茶花，老白茶的茶席，惊艳了四方。

刚开始很多人分不清琉璃与玻璃，明毓最早接触琉璃时也有这样的困惑。国内行业人对玻璃和琉璃的理解是，吹制工艺为玻璃，铸造工艺为琉璃。玻璃轻盈透亮，而琉璃内敛、沉稳、含蓄，有压手感。

琉璃制作成本非常高，工序可谓"繁难精"，需要多种纯手工工序，耗费二十天时间。一旦出现一点瑕疵，所有努力便会付诸东流，所以制作成本非常高。

为了还原古法琉璃的精髓，明毓阅读了大量书籍，频繁和工人师傅进行沟通。"中国古法琉璃,有前后十几道工序,哪怕技艺发展至今,除了进炉烧制和冷却这部分是机器控制外,其他工序也全是手作。"

喜欢茶道的明毓更是首创将琉璃工艺运用到茶器制作中,这一技艺很少有人使用,因为传统的琉璃材料经不起高温水注入,很容易炸裂,影响茶性。为了解决这些问题,他不断地测试,终于用安全的材料保留了铸造工艺,首创制作出耐高温无毒的琉璃茶器。

明毓制作的琉璃茶器主要以白色为主,当注茶之后,茶汤进入琉璃杯立刻彰显出了丰富的层次,看着温柔可喜。而琉璃对于光影独特的折射效果也让茶汤有了清冽和气韵。

"琉璃与瓷器、陶器、紫砂的最大区别,是可以看茶汤,琉璃对茶性的影响几乎为零,不像瓷器、陶器和紫砂,烧制出来还有火气,会影响茶的香气和口感,而琉璃极大限度护了茶的周全。"

做任何事情大抵都是接触容易,深入难。为了一个"寒烟翠"香炉,他就整整花了一年时间去完成;一个看似简单的琉璃杯,从设计、雕塑到烧制完成,也要花半年时间。现在,他将琉璃茶杯还延伸到琉璃盖碗、琉璃公道杯和花器,摆件与佛像,继续修炼自己的技艺。

身为琉璃匠人,明毓不炫技,不外露,让一切顺其自然,不刻意延缓或推进,不逃避亦不纠结其中。他知道名利虽好,但终究要与世同朽,不愿意一生汲汲所求,为的只是让琉璃与人各得其所,让内心清朗不落遗憾。

明毓的琉璃作品,线条行云流水,细节处细致勾勒,多年的工笔画底蕴和古典文化积累为他的作品氤氲出一身宋代风骨,收放自如,飘逸洒脱中捏着内敛细致,更有着含蓄蕴藉的美学风度。

在他的眼中,琉璃之美不是云水一色,不是剔透如镜,而是它安静地放在那里,气象就变得迥异不同。

其实一个人读过的书,走过的路,以及在生活中得到的感悟,早已洒然于眉宇,落入器物中了。

惜物之人　亦是情深之人

他那份对琉璃欲说还休的情意,是随《红楼梦》开始的。

明毓从十几岁时便喜欢读红楼梦,王熙凤的雕花炕屏、冯紫英的珍宝盒、各式瓶盘他都很感兴趣。特别是看了87版电视剧《红楼梦》的结尾,当宝玉提着黛玉早年赠他的琉璃灯的残盏,向那片白茫茫大雪深处行去时,半世繁华只留下一身晶莹,让他感到"虚空无所处,仿佛似琉璃"的寒净透彻。

年少时他艳羡他乡风景,眼光在别处。心是向上飞扬的,以为人生即是扬鞭策马,全是自己的天下。

等到后来学佛之后,慢慢通透明白许多,只关注眼下浮生,远离主流,远离庙堂,来亦欢喜,去无不同,对人对己添了宽悯与包容。从此他的内心和相貌,都有了转变。

反观自身,明毓的愿望,依旧是恪守一位佛弟子的本分,每日精进不辍,最终达到如琉璃般透明无碍的修行境界。

他每天的发布内容,除了他的琉璃作品和他的照片,便是满满的学佛心得和法师的开示。"我可能修得不是太好,学佛是让我们更好地生活,更好地找到自己。"说话时,他言辞柔软眼神宁澈,这样的人大抵内心善忍笃定,有明确的方向感,一半安放于当下,一半修炼于自身。

每制作完一件琉璃作品,明毓就会发愿:"愿闻我名,观我作品,买我作品者,都能与佛结缘,心生欢喜。"在给每只琉璃杯签名的时候,明毓基本上会一边念诵六字真言一边签名,向每一个买作品的人,向更多的人,诉说菩萨的无限慈悲和加持。

每个人内心的质地都隐隐于一颦一笑、一呼一吸、一言一行之中,这大概是明毓境由心生最生动的写照了。

现在,在一些大型茶人活动和很多艺术邀请展上,会见到明毓的身影出现,由他亲手所制成的琉璃茶盏与琉璃佛像声名渐起,越来越多的媒体找他采访,但他的脸上却没有过一丝沾沾自喜的意味,只是继续默默地制作那优美的琉璃,继续修他与佛家的缘。

光阴磅礴浩瀚,他投身其中,又如若旁观者。他只愿自持简单,求内心无憾,以刹那清明,糅合琉璃之美做引,还人间一抹柔光。

公子皎若云间月

很多人看到明毓，会觉得有距离感，照片上的他面容俊朗，仙衣飘飘，穿梭在竹林、山间和园林，竹染风色，公子皎然可入画，似是不沾风尘。

"我是地道的北方人，常年在北京生活。仙气只是一面，生活中的我经常在朋友圈自黑，也会和小伙伴嘻嘿闹闹，像我单独出行，也会穿一身舒适的运动衣。人嘛没有那么高深，找到适合自己的生活方式就可以了。"他一方面爽朗大方，一方面清雅通透，明毓的身体里住着一个阳光的少年和一个从容的智者。

其实很难有人想到，如今身材颀长的他以前是一个体重达190斤的"小胖"，问他为何会成为如此神姿秀朗的公子，他说是缘于学佛之后的觉知。

当年他为了减去体重，每隔一天去健身房锻炼，每次至少在跑步机上运动一个小时，经常自己买很小的衣服，让自己多点动力去减肥。如今的他，无论长衫还是西装，他都穿得熨帖自如，透出骨子里的斯文通脱。

明毓除了是琉璃匠人，还是茶人、设计师、禅修者。

我问他，你怎么定义自己呢，手艺人？还是茶人？他说，孔子曾说君子不器。制作琉璃时是手艺人,习茶是茶人,画画时是画者,无论角色如何切换,都是过好自己的日子。

他告诉我,现在的他生活很规律,白天接受一些采访和拍摄,或是接待来工作室访问的朋友,自己独处时就创作琉璃作品或是插花习茶读书,一心皈依佛法,外出会去其他城市进行作品展。即使偶有疲惫和忙碌,只要以梦为马,安心做事,他都不觉得乏味。

人都要有一点高于世俗的情境,哪怕只是在这薄雾的清晓中起来喝杯茶,静看那茶雾袅袅娜娜,让片刻光阴不染尘埃,亦是弥足珍贵。

明毓也会在闲下来的时日,细细打量这人来人往的世间、人群、世事、风物,静静凝望枝上花朵,抑或聆听檐侧风声。仿佛这世间一时一霎,人生的大壮阔与小欢喜,都是属于他自己的。

《诗经》有云:"有匪君子,如切如磋,如琢如磨。"我们对事物的专注程度,决定了人生的视野,它最终影响了一个人的格局,这是明毓此时的心念。

岁月是个说书人,它道良辰吉日,它诉人间悲苦,这世上哪有不辛苦的人生,只是有些人不喊疼罢了。真正的成熟不是带着戾气披荆斩棘,而是在生活打磨中越来越坚定,愿我们能拂去尘埃,心中有山间照明月,有翩翩逐晚风,素衣轻简款款而行。

眼下时光静默安生,日光也潋滟。

愿你顺意而活 逆风而行

愿你顺意而活 逆风而行

世间唯有妙莲花

人生若如初见/164

做时光的捕捉者/167

让日常闪着微光/169

将自己归还给生活/172

人生若如初见

人生是个奇妙的际遇,把有意思的人都凑在了一起。一次偶然的因缘,我认识了空影,互加了微信之后,看到了她的生活方式,很自然就记住了她。

丙申年,我在杭州见到了空影,彼此约在杭州灵隐寺附近的青芝坞见面,这是我们的初次相见。那一刻,我们四目相对,好像在心里说了许多悄悄话。

初见,我便觉惊鸿一瞥。她穿着一身民国衣裳,手挽着竹编木篮向我走来,她的声音不高,安安静静,却觉得一入耳便入了心。

这种自然的感觉真好,正如见喜欢的人,无需盛装。和相悦的人谈心,无需客套。

一个外表温婉如江南的姑娘,你绝对想不到她大学学的专业是体育教育。在学校的时候,她每天都泡在图书馆或教室看书学习,四年之后她顺利考上了研究生。

2009年,空影研究生毕业,此后她一直居住在杭州,中间也回过老家浙江温州,后来还是喜欢杭州的生活又回来了。现在她是一名独立摄影师，更是一名瑜伽老师。

高中的时候，空影就买了一个胶卷柯达相机，用来拍少女，有时她也会对着空空的校园拍照。同学们总会说她对着一些没有特色的景致拍什么，多浪费胶卷，可是他们不知道她拍的是那些地方曾发生过的故事。

空影用了一整个暑假做少儿班班主任得到的所有酬劳买了一台相机，她开始拍朋友，也拍自己。看到他们开心的样子她觉得特别愉悦，得到朋友的肯定她更有信心了，现在找空影拍照的人也越来越多。

有人羡慕空影的生活美好而惬意，独立摄影师多么逍遥自在。可生活的真相呢？

首先，我们得坦然接受自己，然后把兴趣转化为工作，一定要让生活有所保障，又不能失去赤子之心，不偏不倚，才能做自己喜欢的事情。

现在，空影时常一个人背着相机，行走在各个城市，那些原本陌生的朋友经过摄影拍照，互相交流，逐渐谈心，彼此成为了朋友。

一直过心思简静的生活，做自己喜欢的事，这都是我们的福分，愿我们所有的坚持都是因为喜爱。

做时光的捕捉者

很喜欢看空影拍摄的人像作品,她理解的好照片就是记录当时的情景,而不是过度摆拍。

一个好的摄影师,所运用的不是多么高级的摄影器材,而是要做一个时光的捕捉者。"照片看上去美不是那么重要,我觉得是让人触动,激发他们向善向美,让他们变得美好柔软才是拍照的意义,很开心我成了摄影师。"

从读书时拿起相机,到拍出大家喜欢的照片,其中的距离不是要走过万水千山,而是她对美的感受力。

摄影就像是在描绘美好的画,看到美的,描述美的,让被画者与画者都心生喜悦。通过摄影,空影重新找回对生命最初的感知与感动,如今的她越来越坚定踏实。

我最爱空影的一张少女人像照,看到时仿佛能听到心里的莲花在盛开。照片里的少女来自乌克兰的马瑞亚,拍于河北省天漠。她的人像摄影总蕴藏着一种质感,有故事,有内容。

空影相信生活中有无处不在的美,因此才得以与美处处相逢。也许这种不刻意但有自知的心境，便是她人像作品中那种自然简洁之美的来源吧。

当然，摄影也是一种最难成功的艺术，谁都会按快门，是记录生活还是创作艺术，却都在于你的一念之间。

人的前三十年是通过学习和打拼来看世界，后几十年是通过经历来理解这个世界。安住于日常，安住于各种琐事，安住于随时被无常席卷的现实，才能万物静观皆自得。

我们置身于世间，终其是为了看清自己。

让日常闪着微光

一个人可以独处,才可以健康地与他人共存。

空影在杭州有一个工作室,白日她给人拍照,教瑜珈课,晚上回到这里,读书写字,喝茶静坐,忙碌间隙能腾出这段时间,弥足珍贵。

哪怕人生起伏,你我境遇各不相同,都希望我们的日常能闪着微光。除了摄影和瑜珈,空影时常抽出时间去寺庙做义工。她在微信里写道:"去了中印庵和法师们一起包素饺吃午饭。太阳温和地照耀着黑瓦黄墙,撒在他们耕耘的地里的蔬菜萝卜上。走在路上,大片枫叶,树影婆娑,像是大自然美丽绚烂又宁静的画作。"

空影对小动物非常怜爱,2016 年 8 月她捡回了一只流浪的小奶猫。从不知所措到去宠物医院买了羊奶粉和杀虫剂、眼药水,给它清洗、除虫,擦了驱虫剂,喂了奶,吃了营养膏,滴了眼药水,它终于活泼起来。

她给它取了一个很好听的名字,叫小碧。小碧可爱天真,对世界充满好奇,还有就是它亲近她的方式,就是最喜欢依偎在她的身旁。

希望你我都能承借自然恩惠,来珍重对待活在其间的人和物。

空影一个人生活多年,最治愈的时光必定是在厨房里,常常觉得吃好了、胃暖了也就美了,吃着笑着,唇舌齿间仿佛藏尽春光与萌动,只有亲近食材,人才会真正感知到生命的丰富和细微。

秋日,剥了一碗栗子放砂锅里与土鸡一起小火炖上,读一本旧书。此刻的时光,如同厨房里咕咕作响的汤,于寂静里热闹着。案上有山川草木,枕畔有清风明月,席上有干净食物,一切深藏着生命的恩赐。

空影平常以素食为主。即使是日常使用的吃食器物,她也会挑选自己喜欢合用的,和它长久相伴。既使一个人吃,也用木制托盘整齐放至餐桌上,托盘上再插几枝从山中采摘的不知名的野花,内心对光阴有所敬畏,便亦以庄重的方式对待这些食物。

她对人间有最真挚的眷恋,却又可以独立于爱之外展现女子的从容气度,她是新一代的古典花旦。

"我觉得你很独立,你觉得做一个独立的姑娘应当怎样做到呢?"

空影说,独立不仅仅指的是经济独立,而是人格的自我完善,不执着,不依赖,纵使生活出现了困难,要坚信一切都是转瞬即逝的,最重要的是内心怀有感激和知足。

空影生于南国,模样虽有着江南女子的清秀,但她是一个外表温婉、内在叛逆、不喜欢抱团、不会应付的姑娘。也许我们都是同类人,才能深知彼此内心深处的细微之声。

空影的工作室时常弥漫着花香,瓶里就算只有一枝花,她也能看到整个春天,心内大约会生出岁月无尽的美意。那样的敬意与美意,就像夜饭后,天边刚刚露出的月光,悄悄柔柔地沉在了心底,并不说与人听。

有时在她回家的路上看着开着白色的花,她也会采一束放在家中,把这些柔软洁白的花朵养在家的处处。行到处处,都有不经意的芬芳。

也会在风起的日子,落雨的子夜,雪霁天朗时,或等缺月挂上疏桐,在昏黄温暖的灯下,给远方的朋友提笔写上一封手写信。

她觉得,家的温暖最重要的一点是认同自己的家。有干净的床铺,好吃的食物,备着充足的食物和生活用品,家里健康干净,光线明亮。能够生活在靠山靠水的杭州真是十分幸福,她很珍惜安居在此的日子。

"你现在是一个人吗,你对爱情如何看待呢?"

"我觉得爱情是一起看向远方,携手共度人生。有相同的精神共鸣,互相扶持,彼此成就。"

"你对未来另一半有什么期许呢。"

"希望他是温暖乐观的,他和我都喜欢探索未尝试的事情,一起生活的每一天都充满乐趣。"

其实,对于女孩来说,婚姻既不值得狂热,也不值得恐惧,对方这个人远比婚姻这件事本身更重要。

将自己归还给生活

空影的职业除了是独立摄影师,还是一名瑜伽老师。

2007年的时候,空影无意中看到一个韩国的瑜伽视频,就一直跟着练习,后来参加了系统的瑜伽培训。她在读大学时就开始教瑜伽课,一直到现在。

瑜伽带给她的是对生命的反思,它逐渐转化了一个人看问题的角度,让她知道,这世间并没有好坏,也不要去执着任何事物。

瑜伽,不仅让她的生命保持一种清新有力的状态,还能让她成为另一种样子。

空影是一个比较内向的江南姑娘,纵使内心波澜起伏,表面却风平浪静,而给学生上瑜伽课,让她变得开朗活泼。

她开设的瑜伽班不只是一个课程,倒是一场私人的聚会,课后她会和学员一起喝茶、烹饪,一起吃饭。她与学员在彼此身上看到了付出,谦和与友爱。

业余时间,空影还报名参加了手工木艺班,在刨木头和锯木头时,也是她学习专注和自己相处的一个过程。

做木工这条路，仿若人生，靠的是手艺，急不得，千锤百炼才能成。透过一个木器所感受到的气质，其实是人和自然的关系，这是手工打动我们的根本。

海德格尔曾经说过："一个人持有的东西，是他人格的部分呈现。"器物之美，都在使用者的手中。生活的寓意总是简单而深刻，浮云之外，手心盈握。我们应好好拥有，物尽其用。

不追名逐利，不被繁华迷眼，将自己归还给生活，每日用心做着喜爱的事，淡观山水闲看月，只读诗书不念愁。

空影正努力成为一个人格独立的姑娘，不断磨练自身的技艺，做出好的东西，同时对万事万物充满着谦卑和不卑不亢。

除了摄影，瑜伽，读书，做手工，空影还喜欢旅行。

2014年3月，她去了印度的瑞诗凯诗，这里是印度最著名的朝圣中心，更是全世界瑜伽修行者和苦行僧最向往的地方。

空影在瑞诗凯诗待了一个月时间，每天练习瑜伽、吃饭、休息、阿育吠陀疗愈。时而和朋友出去看看风景，给陌生的路人拍照，很好的用英语和他人交流。她拍下眼神空灵的孩童，因这样的美而感动。

空影在瑞诗凯诗做阿育吠陀疗愈时，看到了一个红色的小挂件，上面写着一首诗《生命的意义》，她很喜欢这首诗的寓意。

我们是这个星球的访客，
最多停留90到100年的时间。

> 期间,我们要用生命,
> 必须做一些善良的事,有用的事。
> 如果能让他人有所幸福,
> 你将会找到真义,生命存在的意义。

在印度瑞诗凯诗,空影认识了不少新朋友。有一次她去因上瑜伽课而认识的当地人玛利亚家做客,他们家是自己改造的,在黑暗的房间里凿出了窗户,墙壁是自己粉刷的,图案也是他们自己描绘的。

玛利亚给她做了一顿丰盛的印度餐,吃饭之前,他们会做祈祷,感恩食物的来之不易,与他们吃饭时,进食变成了一件庄重而一心一意的事情。对他们当地人来说,安身之地就是一家人在一起的地方。

"你对自己如何评价呢,是按照自己的心意活成想要的样子吗?"

"对啊,我每走一步完全按照自己的意愿进行。没有走过捷径,一步步摸索,一步步前进。"

空影对自然的感知和与之连接的方式,对人对物对手工的尊重,全都凝聚其中,她认真生活的热忱之心才最为打动人。

朴实而开阔的安生之道,每个人都在慢慢探寻。当然,琴棋书画诗酒花茶这些雅事,如果没有让自己得到引领和进步,那就只配四个字,玩物丧志。

不论你是嬉笑怒骂,还是因人悲喜,一定要踏实地付出,努力地做好自己,我们的日常才能见到松花酿酒,亦能见到春水煎茶。

祝愿每一个姑娘有态,有趣,有情,有神,从内到外都动人。

愿你顺意而活 逆风而行　　175

愿你顺意而活 逆风而行　177

赤子之心与你同在

**他们抬头看见了月亮/178
带孩子去看这个天地/180
为孩子还原一个更简单的世界/183**

他们抬头看见了月亮

　　大人上班,孩子上学,从周一到周五,再从周一到周五……周而复始,日子天天过得大同小异,明天和今天差不多。

　　这是我们常人的状态,可这世上还有另一种家庭却过着不一样的人生。他们一家三人过着海子诗里所写的日子:做一个幸福的人,喂马,劈柴,关心粮食和蔬菜。

　　我认识绿豆和芝麻这对夫妻,已经有好几年了,当时我供职在一家杂志社,听到了他们这对夫妻很多有趣的故事,顿时就有了一种我一定要认识他们的念头。

　　绿豆和芝麻都是湖南人,因为喜欢旅行,绿豆与芝麻相爱了,后来在张家界成了家。他们是夫妻档资深驴友,旅游专栏撰稿人,更是中国家庭与亲子户外的倡导者与实践者,女儿薏米从襁褓中开始跟随他们户外旅行,他们是普通工薪家庭,却给予了孩子不一样的童年。

　　他们夫妻俩刚开始一直想做丁克,不想要孩子,期望把所有的精力与时间都放在自己喜欢的生活方式上。后来慢慢想要有个小孩,最好是个女儿,于是在给自己分别取了绿豆、芝麻的网名之后,心血来潮地给尚无踪影的孩子取了个名字"薏米",后来果真如愿生了一个女儿。

也许等到薏米长大,有了自己的梦想时,她会想起,在她小时候,父母无论有多难都没放弃过梦想,还带着她一点一点地实现了呢。

他们一家人一起叩拜过梅里雪山、贡嘎雪山、阿尼玛卿等众多神山;一起去触摸羊卓雍错、纳木错、玉龙拉错等众多圣湖之水;一起走在青藏公路、茶马古道等险要的路上;一起深入到金沙江、怒江等隐秘峡谷中。绿豆和芝麻一直走在梦想的路上。

这条路有星光、有花开、亦有荆棘与忐忑。但他们从没想过放弃,因为他们是带着女儿在走向梦想的远方。期待孩子成为什么样的人,首先自己要成为那样的人。在实现梦想的路上,他们有爱人的彼此相伴,更有孩子的纯净期待,从不孤单。

有的人可能为了孩子和家庭,会放弃梦想。但是像绿豆和芝麻这样的人是勇敢的,因为他们选了难走却可能更美的那一条路。

一路上的见闻,被夫妻俩写成书,一时成为畅销书。在途中,绿豆和芝麻对户外越加钟情,干劲十足地开起一家亲子户外俱乐部。

每个父母都对孩子有所期待,但父母却是孩子看得到的最直接的未来。

春天一起去大自然赏花,夏夜一起露营看星星,秋日里在草原上策马,冬日里携手看冰雪。纵然旅途难免有艰辛,可他们一家人却抬头看见了月亮。

带孩子去看这个天地

绿豆和芝麻并不是自由职业者,芝麻是医生,绿豆经营着一家户外俱乐部,他们的父母都不在身边,女儿薏米从出生开始就是他们夫妻俩在带,虽然有很多辛苦,但自然也少了长辈对孩子的干涉。

第一次去野外的薏米,刚满四个月,春天里的阳光格外灿烂,紫荆花开得正艳,一簇一簇,有点晃眼,惹得蜜蜂手忙脚乱。薏米居然用手指夹住了一小朵芝麻递给她的花,无意识地放在了鼻子下。从那以后,薏米幼小的身影始终跟随在绿豆与芝麻身旁,大手牵着小手从未分开。

现在女儿薏米 10 岁了,正读小学,他们都是安排周末和假期时间出行,休息时间短的话就在近处爬山或者徒步露营;时间长就去远处,但从不耽误她的学业。刚开始带女儿薏米出门,也是千头万绪——带上保暖壶、奶粉、纸尿裤、换洗衣服,可是不管准备多充分,总会有遗漏。后来出门次数多了,绿豆学会了列清单,他说带孩子出门最主要是克服心理上的恐惧,不去尝试,怎会知道有哪些困难呢。

每一次旅行,对于绿豆和芝麻来说都是印象深刻,他们从不为旅行而旅行,而是会带着一定的主题出行,有时也会选择原生态的线路。

薏米三岁多被绿豆扛着去秦岭深处寻找野生羚牛和野生大熊猫。这次旅行基本算得上野外科考类型了,加上当时已是深秋,这么小的孩子能够和大人一起进行连续两天的野外穿越,连向导都感到很吃惊。但当你在野外,邂逅到野性十足的野羊、野猪、羚牛等时,就会觉得一切,包括困难都那么美好。

有一年,绿豆和芝麻带着薏米去看汶川大地震遗址漩口中学,当时她还不满5岁。因为一路给她讲汶川大地震的伤亡情况,所以从下车那一刻开始,薏米突然变得沉默寡言,脸上多了几丝忧郁,那种莫名的哀伤,与她小小的年龄极不相符。或许是遗址上那几栋支离破碎的楼房,让她感到震惊;或许是芝麻告诉她在这些楼下还长眠着许多哥哥姐姐,令她伤心。

自然的纯美与壮观、古老文明的深厚、陌生人的友善、与动物的亲近……感动着他们一家人,丰富着绿豆和芝麻的心灵。路走多了,许多隐在心底的这样那样的担心就像一个个包袱,被甩掉,人越走越轻松,越有活力,一家人也越相信生活的仁爱与赏赐。

一家人的旅行,换来了时间、自由、内心的丰富,一家人的紧密相连,以及对生活的感恩和热情。

人在路上,就会明白,物质上的简朴,腾出的是心灵的自由。

看到那连绵的雪山,夕阳洒在山巅之上,闪着金色的光,天空蓝幽幽的,似乎手指一碰就会有涟漪荡开。四野悄寂,耳朵里尽是风吹过与河水流过的声音,身边有小薏米的欢笑声,绿豆和芝麻更加坚定了有生之年带着女儿一起走天涯。

那里有大片的草原,成群的牛羊和马匹,淳朴的藏民和澄澈的蓝天。春日白杨见青,一夜醒来嫩芽在阳光下闪闪发光,草甸见绿,阵雨过后蘑菇悄悄探头;夏日的高原是彩色的,漫山遍野各式各样的花儿开了满眼;秋日高原是金黄色的,雨少雪少秋高气爽;冬日白雪茫茫一片空旷辽阔。

那里的天空是城市里见不到的,因为空气清新,天空也特别明亮,漫天的星斗,让人怎么也看不厌。

"爸爸,我们今晚住帐篷,看星星好吗?"

整个晚上,绿豆和薏米凝望着星空,山野间满是女儿的嬉笑。

太阳落下,月亮升起,草木生长,稻谷成熟。人和大自然的万物一样,在茫茫天地间生长,吸收雨露精华,接受风吹日晒,一棵树的成长是缓慢的,我们也要允许孩子慢慢生长。

"生活嘛,慢慢去做就好了。哪怕现实有这么多苟且,有爱人和女儿在身边,我就觉得安心。"绿豆和芝麻深爱着大自然生长的力量,还有慢慢的时光。

心有天涯,何惧浮世。我们不能给孩子整个天地,却能带孩子去看这个天地,纵然现在山野难寻,也要努力和孩子一起去寻找田野歌谣还在、野花野菜还在的自然。

愿此时的你,也能和她们一起感受微风的阵阵清凉,花朵的清新香气。

为孩子还原一个更简单的世界

人之所以感到幸福,不是因为生活的舒适,而是因为生活的安心。

薏米的足迹已经跟随着他们去了川藏南线、川藏北线、唐蕃古道、独库线、青藏线、环海南岛,徒步夏特古道、秦岭、三江源,深入怒江、金沙江、帕米尔高原、小兴安岭等。

在旅行中,绿豆一般负责功课、线路设计和摄影,芝麻负责吃住安排与文字记录,当然女儿薏米也有分工,就是照顾好她自己,并力所能及地帮助大家。

在广阔的森林和田野边唱边跳,累了就躺在地里,渴了就去溪边喝水。在星星和月亮的照耀下,在微风的吹拂中,绿豆和芝麻围坐在帐篷前分享彼此的生活,说心底真心的话。与世界、自然、动物的亲近,小姑娘薏米也变得更勇敢,自信和坚强。

都说父母是孩子的老师,其实孩子又何尝不是父母的老师,在路上薏米不断长大,而绿豆和芝麻也跟着她,在路上一起长大。

对孩子来说,经历各种交通工具的奔波,酒店和客栈的辗转,亲身经历这段路途发生的种种,看见父母在外地如何与他人接触交往,他会从中感知待人处世之道。

我们能做的，或许只是为自己的孩子还原一个更简单的世界。

绿豆和芝麻的养育理念也正是这样。"父母与孩子其实是这个星球的一段美丽邂逅，如同两颗流星，在时空中同行一程，共绘美好。孩子并不是父母生命的延续，也不是父母展示希望的平台，所以我们觉得没有必要让孩子背负太多期许。"

"孩子总会长大，成为一个独立的个体。我们能相互陪伴，走过一段路，留存美好，各有回味，这样就很好。"

"你们只是普通的工薪家庭，如何支撑一家人出行呢？"

旅行本身就是随意的行为与生活，不一定去那些车水马龙的景区，不一定去人迹罕至的山里，不一定是小岛大海或大漠戈壁，带着帐篷到楼顶去寻觅早晨那一滴清亮的露珠，骑着自行车去城市的弄堂小巷随意地游走，都可以叫做旅行，它不过是生活的一种状态。

支撑你能走多远的，不是金钱，而是你的心态，旅行路上，钱如同盐，每个人需要的咸淡不同，没有不行，多了也不一定是好事。所以真正热爱旅行的人，有一百元时，会走到一百元能去的地方，有一千元时，能走到一千元的尽头。

为人父母，不宜局限她，孩童的清澈与明亮，旅行路上的见闻和风景，孩子和你絮絮叨叨说话，如此种种，皆是生之愉悦。

画家陈丹青有一句话，叫"元气淋漓"。我们年少的血气方刚已不复存在，成了软弱的成年人，而孩子才是真正的无知者无畏，这一颗天真勇猛的心，其实很可贵。

绿豆和芝麻一家人的亲子教育经历，也不是所有家庭能够复制的，我们要清醒地认识到，这需要有一个包容自由的家庭环境，要有志同道合的爱人，没有老人的太多干涉，还要有严格而呵护的母亲，亲切而放纵的父亲。也许少了其中任何一个，成长起来的孩子就会有完全不同的人生。

　　人的世界规则太多，在当下时代生长的孩子，能够拥有自由的野性多么难得。一个小姑娘保留着一份奔放的活力，比什么都好。

　　愿你我有不离不弃的爱人，也有大手牵小手的垂髫孩童。

惜茶待故人

成大美者　必有静气/188
专注做茶　一心生活/191
待人予茶　侍物修心/194

成大美者 必有静气

关于饮茶,周作人曾说,"喝茶当于瓦屋纸窗之下,清泉绿茶,用素雅的陶瓷茶具,同二三人共饮,得半日之闲,可抵十年的尘梦。喝茶之后,再去继续修各人的胜业。"

"唯恐风雨惊花去,且折几支酬清茶"。这正是茶的美妙之处。我便是在这样的心境下认识了庭瑜。

成大美者,必有静气。这是我看到庭瑜第一眼的感觉,她一身白色的素衣,笑容温婉,让人觉得优雅、谦逊,又善良温柔。

庭瑜是江西九江人,此前一直生活在上海,从事市场营销工作,职业算有前景,但谈不上喜欢。当然前路一片繁花似锦,无论经济状况,还是世俗标准上的认可,她在上海都会得到更好的发展。

八年前,庭瑜路过一家很有艺术气息的茶室,她不由得走了进去,见到了一位很有文艺范儿的店主,这位姑娘和她娓娓而谈,和她聊了很多关于茶的话题,只是一个短暂的交会,却让庭瑜照见了自己的心。

于是,她经过权衡和思考,毅然决然地向公司提出了辞职,在长达一年的工作交接过渡中,她最终选择逃离了上海,找到了自己一心一意的路。

庭瑜带着身上积攒下来的积蓄,来到苏州昆山。她见到这里淅淅沥沥的杏花春雨,把杯盏盛满低吟浅斟的江南映入了心间。

起心动念之后,她在江南水乡之地便有了自己的"尚庭"茶室,这里不用她应付觥筹交错的工作饭局,也不用整日穿一双高跟鞋穿梭在格子间。而是枕水而居,闻着茶汤味,靠近自己想要的生活。

有家可居,有相爱的人可守,有欢喜的事可做,有美好之物可赏,这正是庭瑜一生所想。

庭瑜还记得,小时候父亲下班回来常常会用茶杯泡一杯绿茶,每次看到父亲喝得有滋有味,她就特别好奇,趁父亲不注意偷偷的自己泡来喝,她从小就觉得茶的味道特别,慢慢地就喜欢上了茶。

《遵生八笺》中有一段:"读书赏画、品香吃茶、拂琴弄箫、拜石盘玉、园林美食、行脚清谈、京昆雅曲、栽花养鱼、易卜歧黄、禅那技擒、诸般闹事,皆吾所好。"差不多正是她现在的生活状态。

开了茶室之后,她对茶的痴迷更深了。整个茶室被她布置的很是古朴,茶席上可置风炉、砂铫、茗壶、杯盏,甚至高挑的古铜花瓶。既能隔帘听雨,也能推窗望月,茶香淡淡,花器清雅,如嵌进光阴里的老画卷,远远望去,活生生的一幅庭院工笔画。

庭瑜在工作室品茗、插花、玩月、问禅。贴近天地自然,阅读好书,与爱的人共度时光。学习、生长、观照,有茶与花相伴的日子,清雅又简单,这才是日日是好日。

在僻静之隅看人世喧嚣,倚绿树荫浓思人之过往,随时节而过,乘兴而归,纵然曾经千山万水,追风逐月,也抵不过当下的心之所安。

这样的感悟,是庭瑜逃离繁忙的都市生活之后才明白过来的。

190　愿你心有远山　安于当下

专注做茶　一心生活

庭瑜平常的一天,是在天色烟岚里苏醒,在清淡的茶味中开始的。

她的生活很简单,除了寻山访茶之外,多半的日子都是在家和茶室之间两点一线。每一天看似相同,但是每一天对她来说又都是独一无二的。

经过大都市的人事较量,再回到此处,她深知身后的红尘渐渐退去,而内心所想愈加明了。眼下,唯有几杯淡茶,伴着花香,似有清风徐来。

茶事好,水初沸,有友来。与三五好友吃茶插花谈天,欢饮人间之乐,赏悦四季之花,有她泡茶,有朋友吹南箫,如山居清味。这是茶人庭瑜的生活日常。

摒弃浮华与矫情,专注做茶,一心生活,这样的茶人做出来的茶自然也不差。

"你从喝茶中体悟到了什么呢?"

"对待茶和对待人一样。如果我们每个人可以做到不功利、不浮躁、不乱象,那么我们的社会就是人间乐天。"

庭瑜早前跟着一位出家人学茶,一般修佛悟道之人,皆融于山水自然,到后来一言一行皆见禅理,他教诲她要用一颗真诚的心来对待一壶茶。

她说,喝茶是生活方式的呈现,更是内心的某种认同与趋向。眼前的庭瑜带着岁月积淀下来的清明简淡,仿若于时光深处悠悠而来。

"你觉得茶人具备怎样的特质呢?"

"一位真正的茶人是有独特的茶人风度的。不媚俗、不讨好、不做作、不傲慢,温和而有风骨,事茶的态度如待人的态度。"

茶与佛曲径相通,都需要人的内心清净无为。庭瑜信佛,虽是佛弟子,但是不敢妄自说佛学,她说老实做人,老实事茶。

看山是山,看水亦是水,她于人间烟火之中,早已了然不惊。

日本美学家柳宗悦曾说:"不知自身之美,物我无执念,不奢与名,而将一切托与自然",这是庭瑜对生活的期许,也是她对茶的要求。

采茶这事,听起来情趣雅致,其实毫无浪漫可言。茶山险峻,路途辗转,很多有年份的茶,多半长在人迹罕至的深山。

"如果一个茶人没去过茶山,没看过和尝过鲜叶,那就不能说明是茶人。"正是缘于这份心念,身材娇小的庭瑜这些年下来不知走过了多少寻茶之路。

正是这份对大自然的敬畏之情,让她对茶越加珍重。

"茶中自有天地,气象万千,能不能说说你最喜欢的茶是哪种茶呢?"

"其实每种茶只要没有农药化肥的污染都好,当然我最喜欢的是乌龙茶,尤最喜广东潮州的凤凰单枞。传统工艺制作的单枞,手工采摘,半发酵、炭焙火,有红茶的醇厚又有绿茶的鲜爽,中正,不寒不火。好的单枞,香气高雅、滋味丰富,茶汤里有单枞茶独有的枞韵。"

"我喜欢它的另一个原因是它相对其他的茶,更难泡得好喝。泡得好香甜入喉,泡得不好苦涩难咽,很锻炼茶人的心性。"

曾经在大城市为了开展工作业务百般周旋,可如今的她觉得,这人世的欢喜不过是有时间和心境品尝出一杯茶的清香。

对现实有着清醒的认识,又对生活怀着简单的朴素之心,她与茶相依在此,静候有缘人一期一会。人间此刻,茶浓花好。

待人予茶　侍物修心

庭瑜喜欢穿朴素的禅衣和旗袍，穿上之后，她沉蕴安静，温润动人。穿衣也如人一样，好像千山万水，也能笃定地归来。

浮于表面的事或人心，终会被时光带走，而剩下的一切有着端静的美。

她在微信里写道："花草树木，我们无需学习怎样和它们相处，安静地存在，无言却真心，平淡却有情。"

她在岁月中修炼了一身生活美学的技能。每日上完茶课后，她总是呆在茶舍里静静地插花，有时一缕阳光会从木窗斜斜地照在花枝上，照在茶汤里，也照在了她的心间。

四月的时日，庭瑜收到远方友人寄来的茶点，美得都让人不忍心吃下。为了能找到配着茶点的好茶，她翻出一袋几年前珍藏的单枞茶宋种，只觉得这样的日子，才真是山长水远。

愿这世上芸芸众生经历种种之后，不会为过去耿耿于怀，还能余生有情，余下有爱。

在庭瑜的工作室随处可见坛坛罐罐，隔着空间亦能闻到那朴素的香。

她常说，一事精致，便能动人，那些属于你的饱满和气息会不请自来。坚持就是发自内心的喜爱,无论别人怎么看都不能改变她对一件事物投入的真情实意。

唯有心,在红尘中才会愈发洁净。

待人予茶,侍物修心。一枝桃花插在茶室的花瓶中,立时有了温度,其中的况味,你我自知。瓶中的花枝也是换得勤且应季,荷花、月季、桂花、腊梅。

纵然光阴更迭,可只要有心,依旧有值得期待的景致。

每个人存在于天地之间自有修行的法门,有人是写字,有人是插花,有人是事茶。庭瑜深知,无须刻意去隐遁,自己是什么样的,就活成什么样,那么人间烟火之处,也是方外之地。

"我看你时常发一些器物的照片,有一种况味和美感,你对美的理解是什么呢?"

"虽然每个人对美的理解不同,但是追求都是一样的,那就是美好,器皿的美在于它的自然还有实用。比如,茶器是为茶汤服务的,花器是为插花服务的。"

实用又自然的器物包含了匠人的心思和精神,有人文气息在里面,只要我们用心去感受,都可以接受到这样的气息。

庭瑜插花一般不用花店里的花,她喜欢那些生长在山林里或路边的野花,感觉它们更有生命力。

陶罐中插一枝寒梅,或是老竹篮里摆一束铃兰,一方简静的茶席,时光就这样过去了。

折枝布席,对炉煎水,耳畔再有琴音,这才是各尽其美。

眼下虽是冬天了,好在还有手里的一杯茶,还有眼前的一枝花,能化开绿意温柔,溢出新枝嫩芽。她用心打磨着春华秋实明月的清辉,唯愿琐碎而易逝的时辰里都有着花香。

"水秀山清眉远长,归来闲倚小阁窗。"她说,捧在手里的茶汤是看得见的温暖,一抬头更能望见花枝上挂的那份灿烂。

窗外无论是晴日烈烈,还是细雨淡淡,室内一定是茶烟袅袅,等她安静下来回头看,都不过是刹那烟云过眼。

深冬落雨的日子里,工作室的客人比较少,有时有友人来此,坐在老旧的长桌上一边看书,一边就着雨声,听着友人们长长短短的温和话语,她静坐在一旁微笑。

愿你和我不为尘世的一切所鼓动所诱惑,在自己可选择的范围内,去追求自身的简单和丰富。

"你觉得你在这一小方天地里经营人生,外界对你有干扰吗?你怎样做到保持内心的清净呢?"

"其实我的世界很小,除了出远门访师友,访茶旅行之外,就只有家事和茶事了。外界对我的干扰很少很少,因为我没有过多对物质的贪念,日子相对来说过得简净清明。"

人到了一定年纪,便会逐渐顺应常规的生活安排,那些小小的心思都掩于奔波之中,不是每个人都能重新拾掇起来,去推翻以往的生活轨道,重新去活。

她在滚滚红尘中曾见过繁华世界的喧嚣,也曾体验过人情冷暖,可依然带着自己的信念,最终回到江南之地,喝茶插花,听风吟,听虫鸣,看清晨薄雾,脚步自在,神情自在。

我和庭瑜相识,一切起缘于皆是同道中人。

无论这个社会的真相如何,愿你能顺意而活,逆风而行;愿你谦逊依旧,本性未改;愿你对得起自己,也不曾被岁月辜负;愿你能找到照亮自己的人,也能与他人彼此照亮。

愿你顺意而活 逆风而行　199

月下煮松风

绝知此事要躬行/200

天地有大美而不言/204

其人如月　皎皎如一/207

绝知此事要躬行

江西景德镇,在一片静谧的晨光之中,他笃定地坐在一间摆满陶陶罐罐的小屋里,正低头专心制陶,泥土在转盘上快速地飞旋,在双手娴熟地往复提、拉、挤的过程中,陶坯逐渐成型。经由时间和他的手,一把柴烧小壶让人由心而外为之动容。

窗外,几片青绿幽幽,露珠在枝头摇摇欲坠,微风过处,缓缓坠入泥土,泥土也泛着潮湿。

程伟的松风工作室就坐落在景德镇的一处院子里。练泥,揉泥,之后是拉坯、修,然后素烧,接着上釉,再烧制,环环相扣,每一步都很重要。而陶瓷手艺人程伟每天要做的事情,就是和泥土对话。

但凡想到陶瓷,景德镇三字或许已先行脱口而出了,这里盛满了陶瓷界的各种传说和传奇。这里制陶产瓷,且高手遍地,形成了大批的陶瓷手艺人,你可以看到几乎所有的工艺,有人做拉坯,有人做绘画,有人做施釉,有人做掌窑。

程伟是四川泸州人,从小他就喜欢用泥土捏制各种小东西,也许是一种天赋吧,他捏出的小玩意儿都与实物十分相像。后来,这种喜好越来越强烈，大学时就选择了景德镇陶瓷大学陶艺专业。毕业之后起初回到四川老家工作，他觉得那不是自己的生活，就带着身上仅有的一万块钱，折回景德镇开始创业。

自称"在学校里没有怎么学习"的程伟，一开始方向也不确定，香炉、茶具、咖啡具、家具陶艺、首饰都有涉及，基本是追着市场跑，以解决生计为前提。

不过，程伟有一个特点，即使再忙也有要"看看外面世界"的执着。从2009年开始，他在网上认识了一些茶友，和他们交谈下得见了自己的心，开始主攻茶具。后来他的博客名"土里土器"，也成为他的品牌。

在生意正好时，他决定出去看看。走过了北京、上海、杭州，突然发现自己之前做的东西上不了台面，拿不出手，"觉得自己视野太狭窄，好东西见得太少"。这么一大圈绕回来，程伟开始重新规划自己的人生状态。

他不想延续之前所走的道路，为别人批量定做，而是想特立于景德镇的手工体系之外。正巧手头有几个友人送来的日本柴烧急须小壶，朴而不拙，自有风味，令程伟眼前一亮。他忽然觉得"对了，这就是我想要做、喜欢做的事情"。程伟打定主意要做柴烧。

也算机缘巧合，程伟接触到了景德镇乐天陶社的柴烧，他们烧出来的柴烧小壶不上釉，完全靠落灰装饰，朴而不拙。他与朋友一拍即合，搭建了一个柴烧窑，放下心中的浮躁，一腔孤勇一点点沉淀，认真做柴烧茶壶，在制壶的过程中，程伟重新找回了当初对泥巴的热爱。

"工欲善其事，必先利其器。"最初烧窑，程伟无从下手，幸好有两个会柴烧的朋友相助，带着他学习如何看窑火，烧了几次之后，也就会了。

入窑之后,须在窑火边守上两天两夜,除了窑温能够大致控制,其它的都交予烈火。谁也无法预测两天后开窑是什么景象。塌窑、粘连都是稀松平常的事儿,有时一窑烧出,小半窑都不能用。

除了烧窑,最考验他的还有拉坯。"拉坯是一项非常辛苦的体力活儿,不但要求有高超的技艺,还需要非同一般的体力和力量。"泥团在他双手的抚摸下,温柔乖巧,顺从地随着双手旋转,最后形成具灵性的器物,有了生命。

对于一个手艺人来说,制陶的全部过程几乎都要通过双手的感知来完成。无论是调制胎土的配料,还是捏制器形,都要凭借双手的触感来完成。这种与泥土浑然天成的手感是任何工业机器都无法替代的,程伟凭借着对艺术的执着和双手的触感成就了他的柴烧小壶作品的精准度。

壶讲究身、形、意。"一开始只是摸索,拿着老壶仿制,可是效果不理想,总是不到位,好像就欠了那么一口气。"后来他又尝试用景德镇本地的高白泥替代了陶泥,结果却是出人意料的好,多烧了几窑后程伟烧制的器物便有了自己的气韵。

人生最黄金的岁月,程伟全都用在陶艺上了。因为茶圈朋友众多,茶友带他去云南的茶山上逛了一圈,喝了老茶后,他为老茶着迷。他开始潜心研究,一个人从早到晚待在工作室,改良器型的细节。烧制每一件作品时,从最初的构思到最后的修正,他都心神凝聚。

程伟每天脑袋里转的都是壶,"把器物的线条拿捏好,烧出来的器物才具有古拙感,有玩味。"

他的品牌也由"土里土器"改为"松风",取自古诗"月下煮松风"之意。程伟烧制的急须壶,用的是粗颗粒、含铁量高的一些泥料,这样,烧制出来的茶器发色与陶泥相近,却更有一些古拙感,流露出原始粗犷的美。

无论何种手艺,一开始皆无处着落,但只要孜孜以求不畏辛苦,某日必使你身心忽然发生莫大震动,从此便进入另一个开阔天地了。

滤过一切浮光掠影,心里蜿蜒着一尾清泉。他对这流光溢彩的人间依然葆有缓慢而深沉的爱意。

天地有大美而不言

不喝茶、不玩壶的人,很难理解茶人缘何对一把泥土做的小壶情有独钟,"不就是一把器嘛!"

庄子曾说,天地有大美而不言。天地不言语,它只是独自美妙着,而一个人能否沐浴在天地万物中,感受到美无处不在,这关乎于他的内心。

正如茶与茶器,两者相互衬托,生出旖旎风光,赏心悦目。认真对待生活的日常,可以感受到器亦如人,有灵性,器物之美,静而无言,好的茶器可以相伴一生。

茶道里有一期一会的说法,与器物相遇也是如此。茶与心,物与心,道理相同,将心意寄托在器物之中,器物也会成为我们回归精神家园的路径。

"你认为一只好壶的标准是什么?"

"这个要放在茶席上感受,它不扎眼也不太张扬,有朴拙的质感但又很有气场,要给人亲和力。透过一个茶器所感受到的气质,其实是人和自然的关系,这是打动人的根本。"他认为朴素的美才是真正的美。

他拿出一个自己新烧制的柴烧小壶给我看,它通体的黑色,色深且匀,能够让人安静下来,没有一丝多余的修饰,不争不抢,不急不缓。

他烧制的柴烧小壶,并不是那种初见怦然心动,而是越看越有味道,再见清寂入骨,即便多年过去,当我们一炉一汤,坐定风华,那些器物依然入心。

日本美学家柳宗悦曾在《工艺之道》里写道:"个性的沉默,我执之放弃,只有如此才是与器物相对应的心。只有沉静之器才是佳器,在此能够看到谦逊与顺从之德。如不遵守此德,器将不器。"

深受日本茶道美学的影响,程伟的茶器都颇有浓郁的"和风"——清寂、朴素、幽邃。这些都是建立在他对茶、器物、空间的审美已有深厚的造诣上,深入艺趣,逐渐超越,体悟道心。

康有为曾说:"吾谓书法亦犹佛法,始于戒律,精于定慧,证于心源,妙于了悟,至其极也,亦非口手可传焉。"制作茶器,亦复如是吧。

他曾经感动于岁月的波澜壮阔,而今更在意一茶一器的隆重。手艺之于他,不是你来我往的追逐,而是内心的漫长皈依。

"瓦铫煮春雪,淡香生古瓷。"此时在程伟的工作室里,一把柴烧茶壶煮沸了春水,炉火正旺,茶烟袅袅中,茶汤的馨香持久不散。身后的万千繁华,仿佛都隐进了茶汤里,随着清风明月,汇入溪流泱泱荡荡,与天地融为一体。

周遭的一切,忽然都静了下来。

206　愿你心有远山 安于当下

其人如月　皎皎如一

在景德镇这样的匠人之城,谋生不是问题,大家更安于生活。烧窑之余程伟也喜欢以茶待友,与朋友坐而相对,不必设防,面上生融融春风,这也是人与器物在天地间的一夕欢聚。

在三五好友叙旧的时刻,在和家人的欢享时刻,在独自一人的时刻,都可以用柴烧茶壶来布置美美的茶席,插上一枝当季的花,再佐上一杯有故事的酒,还原生活本来的样子。

"这几年做茶器,慢慢学会喝茶,学会了把生活节奏放慢,用心做一件事情是一定会做好的。平时除了喝茶做器之外,就是听听音乐、看书、打篮球。我觉得最大的乐趣就是能认认真真地去完成一件事情后的那种舒畅。"

这世界光怪陆离,程伟莽撞行至今日,不得不感恩岁月待他良善。爱他之人依旧热爱,挚交故友无须多言便可了然其中情意,有小小孩童陪伴身侧,渐渐懂得人生如减法的深意,余生他只对珍重的人与事呵护备至。

"你觉得手艺对你来说意味着什么呢?"

"手艺是心手相应的体现,它传递出一种'温度'。让使用的人能感受到这种来自手艺人内心的温度,温和地陪伴生活;它具有一种独特的生命力,即使经过岁月变化,却依旧感人。"

在他看来,手艺人这门行当算是为数不多可以保留独立人格的行当了,不必巴结什么势力,只要不贪心,凭手艺吃一口饱饭,就能做一城一池之主。

"其人如月,皎皎如一。"他拥有一颗对待手艺的平常心,拥有做不辜负客人期望的器物的心境。在程伟的身上,我看到了他参透万物和谐的真意。

望器能物尽其用,不枉他一番倾情。

愿你顺意而活 逆风而行　211

愿我来世得菩提

我心有乾坤/212

笔下丹青皆有情/214

晚年唯好静/218

我心有乾坤

清晨，微凉的清风吹起，连雨不知春去，一晴方觉夏深。迎窗风来，花香袭来，他起床后推开画室的窗棂，即便坐在屋里也能深感这人间好时节。

这里是湖南辰溪县佛画家卢春龙的家。

他平常的日子是这样开始的，早上六点起来，像是有一种莫名的使命在召唤，催着他要去画画。

净手之后，照例是早课的《心经》和《大悲咒》。然后带着恭敬虔诚的心，伏地礼敬观音菩萨，自己画的菩萨自己要拜，自己手里的笔才会有感应。

他每次动笔前，都要虔心持颂"南无大慈大悲救苦救难观世音菩萨"，直到心无杂念，心无挂碍。画菩萨的时候，他不说话，不见客，不接电话，不饮食。

躲进小楼成一统，任他春夏与秋冬。卢春龙画画的时候，身虽囿于陋室，但是内心清凉，这样画画，过程是祥和安乐的。他不饥不渴，无苦无累，常常忘记时间的流逝，更忘记自己的存在。

佛学重修持，而画佛之人不仅要遵循仪式，更要将全部身心沉浸到对菩萨圆满德行的归敬上，一笔笔，彰显的是正知正见。时日久了，他自己也修得脸庞浑圆，身子结实，颇有些像弥勒佛。

"佛教绘画绝不同于其他的绘画，它有严格的佛教造像法规，也并不是每一位画家都能表现出佛画的内涵。画佛重在其心，只有用慈悲心去画佛菩萨，画出来的才是佛菩萨。"

此时日光丰盈饱满，岁月绵延悠长。卢春龙知道，心只有与热爱之事相呼应，此生才算圆满。

他只愿留一席天高地阔山长水远于心田，画下对佛祖菩萨的深情厚意，于红尘俗世中可进可退可居可游。

笔下丹青皆有情

西汉时期，汉明帝派人去天竺取经，同时带回了释迦像。随着佛教传入我国，佛教艺术同时也被引入，在三国时代萌芽生根，到了魏晋南北朝更为蓬勃，当时画家以佛画为能事，画寺壁之风尤盛。后来，佛画家络绎不绝。

我国佛像画，在人物画中极具地位，由三国时期书画家曹不兴创始，他被称为"佛画之祖"。画史记载他能在连接五十尺长的绢上画一像，心敏手运，须臾立成，头面手足胸臆，不失尺度。

卢春龙祖籍上海，从小喜欢画画，专业学的是硬笔和粉笔画，毛笔根本没学过，一切是自己摸索学习，早些年主攻工笔山水、人物和花鸟。

尔后，他从学校出来先是在上海一家建筑单位做设计，或许是天性里不喜局促，他放弃了国企大好的前程，毅然辞职了，自己开了一家装潢公司。

那几年，他忙于挣钱养家，忙于奔波各种应酬，有时人既要跟相悦的人谈心，也要和不喜欢的人推杯换盏。时日长了，对于这些交际，他有些倦了，忽然觉得世界一片混乱，不知怎么拯救自己。

某日卢春龙在上海看画展，他看到观音法相显身眼前，观音一脸慈悲仁爱，通身散发着智慧的光芒，他内心顿时豁然开朗，一心只想找个清净之地安稳度日。

因妻子是湖南辰溪县人，俩人感情一直都很好，他随夫人回她娘家探亲，一下就喜欢上有山有水的小县城，他没有任何犹豫，带着妻儿回到了这里安了家。

刚回来的第一天，他去整个县城里转悠了一圈，辰溪县不大，走到郊区，见虫鸣此起彼伏，鸟儿浮光掠影。空气中四时草木的气息，每一阵风过，有回风折竹之声，竹影、日影、屋檐影，婆娑交映。这一刻，卢春龙才感知到自然的恩赐，这一刻身心魂灵皆醒了来，他沉浸在清净的独处中，小城山水最能疗人心疾呢。

这个时代汲汲营营，不怕赶不上，有时适当放慢脚步，才能保持自省清静。若有隐之心，处处皆终南，这是卢春龙回到县城之后最踏实的感受。

画室一日，尘世已远。回到县城他很低调，因是外地人在这里朋友很少，他就潜心画画，一开始画山水，画人物，后来发现自己更喜欢佛画，先自学临摹名家的作品，达到一定境界之后就一心画佛了。

当人们忙着为追逐世俗浮华而奔波的时候，五十知天命的他却放下自己，遍访寺庙高僧，和出家人聊佛法，他对佛学也有了更深的领悟。

卢春龙有时拿着毛笔，会冒出来"安身立命"四个字，这些是他生活和精神的坐落点。他将自己对佛教深切真实的体悟融入每一件作品之中，虔敬地去绘制一幅幅清净庄严、慈悲无我的佛画。

如果说士大夫绘画重在一个"意"字，文人绘画重在一个"情"字，那么卢春龙画佛就重在一个"净"字，他的佛画契合了诸佛菩萨的广大慈悲，也体会到了清净与庄严。

他说,画佛像要表现佛的智慧与功能,画佛要面容饱满,眼帘低垂,嘴角眉宇间透露出庄严、慈悲与静穆。

他画的弥勒佛像庄严宁静而慈蔼安祥,和平朴素而又充满智慧。观音菩萨端坐莲台,面容慈祥,慧眼低垂,仿佛在向人们普洒甘露,使人产生一种心灵净化,进入圣境之感。

比起成为一名画家,画画更是他的一种生活方式。"画画,不是为了画得比别人好,不是为了卖多高的价钱,而是在一笔一笔的绘画中,我们可以学到教养、风骨、耐心和趣味,以及欣赏这些美。"

卢春龙说,佛祖的深情让他对照出自身的不足,不管绘画以何种形式呈现它的姿态,他都愿意缱绻在佛祖万般慈悲的襟怀里。

在人群中坚定自己,在宣纸笔墨间识得本心,便是自在。真正的修行者不会在形式上刻意标新立异,而是在行动上身心力行。

他深信,只要内心纯良,不计得失,生活自会赠予我们欢喜。

愿你顺意而活 逆风而行 217

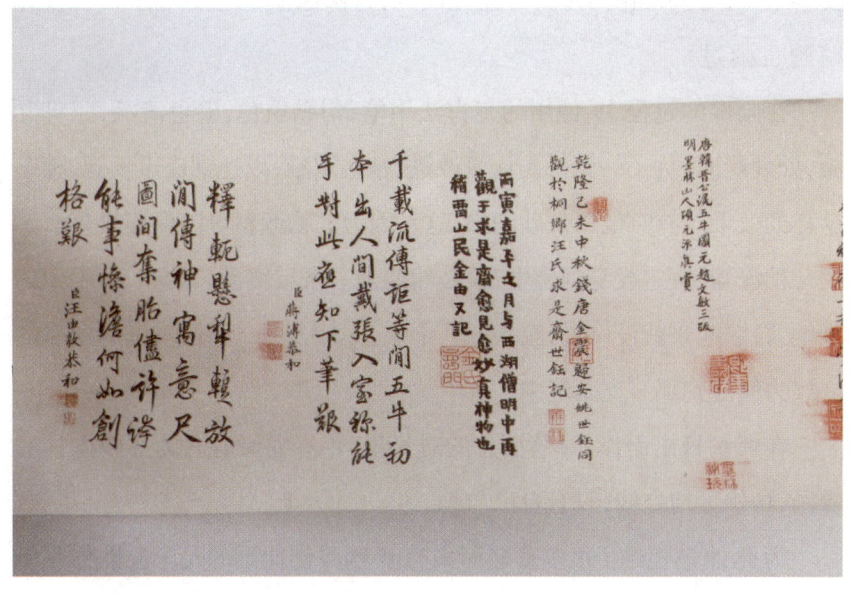

晚年唯好静

他前半生忙于奋斗,想要在绘画上有所成就,当经历删减、作罢、放手之后,后半生的他洒袍衣袖作空。人生事大抵如此吧,起初欲将繁华织就锦缎,最后却想要天清地宁。

卢春龙每天早晨六点起床,吃早餐之后就开始画画。他画佛一般需要半个月,有些佛像两个月才能完成,所有佛像他都会画,唐卡和敦煌壁画也画过。

在画佛的过程中,他用的是古法用笔,勾勒填色,着色清淡,三矾九染,处处严谨。为了一张佛画认真改进,精益求精,以达到庄重美观、神态慈祥的效果。有时他用朱砂画佛,这是因为矿物颜料可以保存很久。

他深知,决定投身画佛中,就必然要走一条寂寞漫长的路,但手中的画笔,自拿起来就没停过,至今好几十年。不问岁月,不谈悲欢,将所有的心气力倾注到那一支画笔中。

在那些日出而作、日落而息的时光里,卢春龙倾心只为一幅未尽的佛画,仿佛天地之间,只有自己与画。

为此他还拒绝了很多慕名而来想要购买佛像画的人,也推掉了所

有商业性的画展,一日三餐,粗茶淡饭,用心中的坚守来勾勒出佛陀的本意。"对于成名或是开画展,那不是我要追求的事。我们不仅要对佛像有虔诚之心,还应当对其存有敬畏之心。画如其人,心无旁骛才能成为大家。"

"以禅入画、以画悟禅",这是卢春龙画佛的理想,他对自己创作的每一幅佛画都精益求精,不畏酷暑严寒,常常画到深夜,草图堆叠起来有半人高,他从禅入画,以画悟画着了迷。

"很多人花重金想要收藏我的佛画,当然我这人也很实在,商人买我的佛画是要付钱的,一般平民百姓如果很喜欢佛,要供菩萨,我会送他佛画。"他坦言,画佛之后自己也产生了爱心,经常参加一些公益活动,给虔诚之人送佛画。

当他完全敞开心扉,融入自我,就会进一步发现画佛不止能提供美的享受,更能赋予人生的智慧。"没画佛之前人是心浮气躁的,画佛之后心静了,智慧也打开了。把佛画画好,也是一件功德无量的事儿。"

卢春龙没画佛之前喜欢喝酒,少年时爱憎分明,虽表面温和平静,但对不喜欢的人和事总觉得不自在。画佛之后渐渐能体谅他人隐忍的苦衷,也慢慢懂得,有容人量,才有容己心,从画佛开始,他就好像换了一个人,面相也发生了变化。

佛影人心照,画出心不宣。如果心有方向,不管外界与外境如何,都可以获得一处栖息之地。

一个人生活的欢喜,在于从万千琐碎之中揉入许多的热爱,哪怕人生有时并不静好,我们却可以自主选择明朗的方向。愿我们可以在颠沛流离里戒躁,也能在春风满面时戒骄,不问不怨,从容自如。

世间所有的因缘,都是用情至深。

愿你余生有情
余下有爱

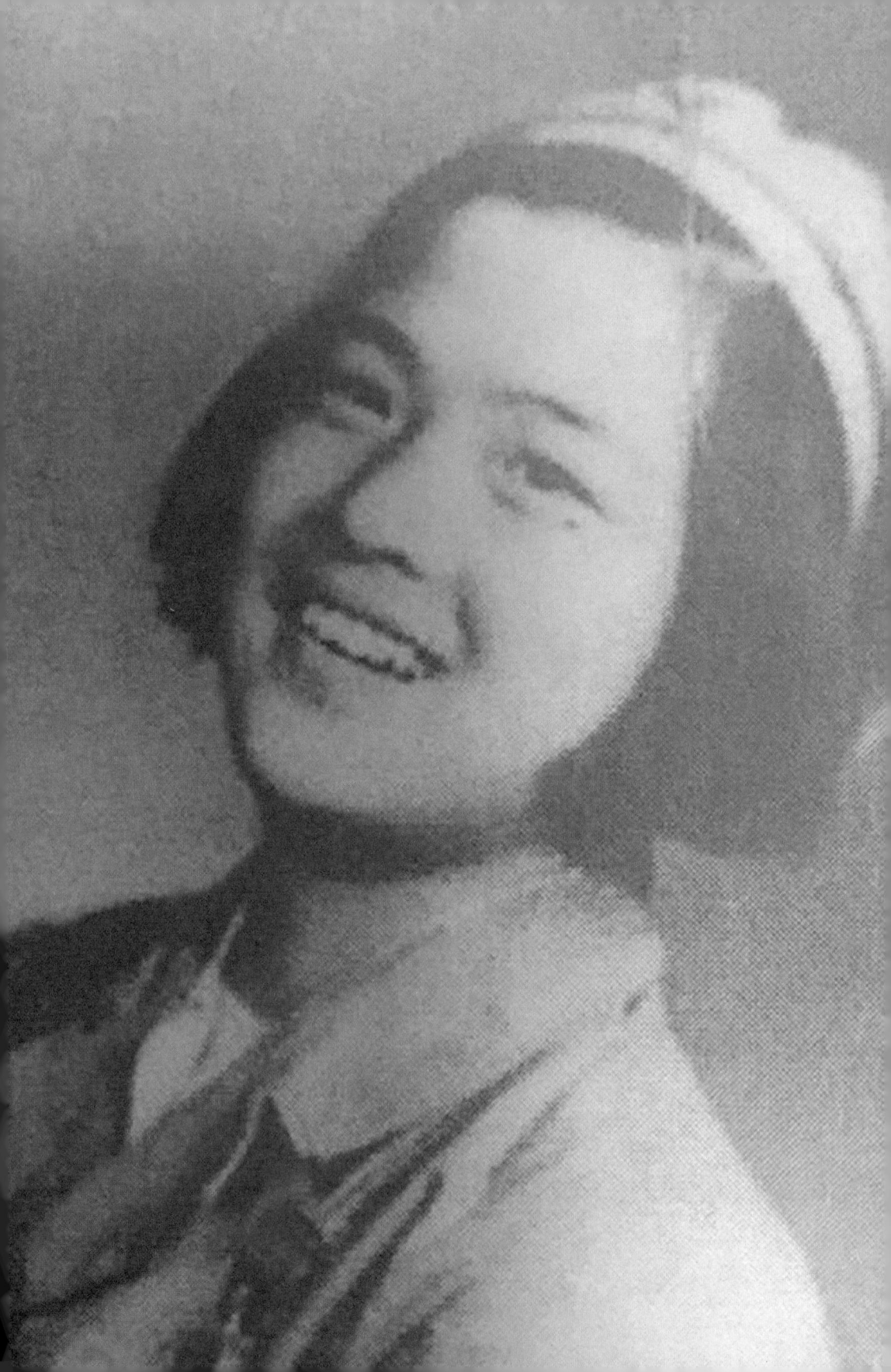

愿你余生有情 余下有爱　223

浩劫一生香如故

乱世中的奇女子/224
自是浮生易漂泊/228
一切有情，皆为过往/230

乱世中的奇女子

很多次,时常在梦里被您唤醒。

那是去年看望您之后,梦境中的您坐在一把旧式的雕花椅上,对我诉说茫茫前尘,叹旧梦难寻。这岁月绵长呀,如果光阴从容,请允我与您秉烛夜游。

岁月各有蹉跎,只有您像打了柔光似的,成了我仰望的那片云。如能与您桐花万里,纵有人生苍凉之处,也会染了我一身俗世香。

感谢尘世宽容,遇见晚年的您。

您的一辈子就如二十四节气,大雪初生,春雨滋润,小暑热身,秋日生凉,最终叶落归根,隐入人海之中。

我知,您不喜名声喧闹,晚年的您只愿安度余生,可您那些打马而过的年华,那些浩劫跌宕的波澜山河,我怎能忘。

眼下夜渐渐清冷,蝉止鸣了,秋虫唧唧从夜色四方传来,人间的灯火一盏一盏地灭了,才知岁月忽已晚。

幸好,在这静静的夜里能重温您的昨日旧梦。

她，生逢乱世命途多舛，苦难重重又光辉夺目。曾女扮男装考上货车司机；她的3个亲生孩子相继夭折，却先后收养了16名孤儿；她，一世清苦，上山采药悬壶济世。她是井冈山灰色调里风景旖旎的一抹红，是旧时明月里的临水照花人。

岁月是一场冗长的述说，曾也跌宕起伏，曾也寂静无言。这一路山高水远的跋涉，有过她的尘土仆仆。

姜苹清是在江西井冈山出生的。1901年，那时的天还属于清朝，小苹清在家族的期盼中降生。3岁之后，全家遭受了变故迁到了千里之外的湖南常德市桃源县，大气磅礴的井冈山并未改变她与生俱来的婉约，但在她的性格中又添上不同于南方女子的英气。

因祖上世代为医，家里人在县城开了一家药店，父亲治病救人，母亲贤惠勤劳。小苹清从小就开始跟着大人上山采药，认得了很多药材，家中有8个兄弟，同辈中只有她一个女孩，也因此有幸跟着哥哥们读了几年私塾。

1926年，姜苹清已是盈盈秋水的大姑娘了。那个跟在父母身后上山采药的小女孩，而今长成了一心向往外面天地闯荡的姑娘，在那样的年代，生而为女子，想要飞向一片广阔的天空，是一件何其艰难的事。

有一年，一次偶尔的因缘让她和帅孟奇相识了。当时帅孟奇在当地一所学校从事革命运动，姜苹清也深受影响，自小的翰墨濡染，使她看到了新思想的一丝曙光。

此后，她与帅孟奇彻夜长谈，谈论国家积弱、民族危机、妇女解放等问题，她们同怀忧患与激愤，诸多共识，相见恨晚，并在县里宣传妇女解放思想,要求男女平等,这使得姜苹清对女性自身命运有了清醒的认识,她要去追寻这缕自我的光芒。

当时她25岁,对她而言,命运似乎早已准备好弦乐声起,只待她一出场,便渐入佳境。后来经帅孟奇介绍,姜苹清加入了中国共产党。

1930年,她和帅孟奇认识了杨开慧,当时中共中央委派杨开慧在长沙开一家茶馆,作为地下党秘密联络地点,杨开慧安排姜苹清和帅孟奇当服务员。可是只开了几个月,杨开慧就被抓了,后来就听闻她英勇牺牲了。

如果说从前的姜苹清一直是在茫茫暗夜里跋涉,自从加入共产党之后,她的眼前豁然开朗,女子之于时代,也可以和男子一样有自己的志向和追求。

之后由于变故,姜苹清辗转到了湖北汉口。因为人生地不熟,生活非常艰苦,她住在汉口长江堤上的棚子里。这时她接到了组织的指派,去参加国民党组织的驾驶员考试,目的是进入国民党内部。

"当时湖北公路局不招女司机,我用了化名,剪了头发剃了光头,化装成男人混了进去。我还记得帅孟奇的脚太小了,不像男人脚。为了'过关',她还请一个木匠用细木条做了双'木鞋',穿上后在外面套双大鞋子才过关。"由于姜苹清受过教育,接受知识很快,很容易就考上了驾驶员。

被国民党录用后,姜苹清就参加了湖南沅陵县到贵州的公路建设。她女扮男装,干着和其他男司机一样的活,"我记得当时开的是美国制造的雪弗莱汽车,那时候当司机可不简单呢,必须还会自己修车,自己装货物。"从此她成了卡车司机,一开就是30多年。

由于害怕身份暴露,她一直用的都是化名,就连吃饭、睡觉、上厕所也得小心翼翼,生怕他人看出了破绽。难以想象,碧玉年华的她,是如何度过那些岁月混在一群男人堆里保全自身。

后来,姜苹清和帅孟奇被分配到不同地方,失去了联系。她在国民党那里当司机没多久,就开始为共产党做司机,运送军火和物资。

光阴的路上,我们不断感知冷暖,有时身心疲惫,有时喜乐参半。她是乱世中的奇女子,处身国家危难政局迭变之际,有男子的霸气果决,亦有女子的贤良聪慧,以弱女子之身在危机四伏的乱世里,仍义不容辞投身波澜壮阔的芸芸世间。

姜苹清仿佛一棵柔韧的蒲草,稳稳地等着生长,把情长嵌入深幽而繁盛的光阴,在乱世无情中淡然屈身,静待时机。

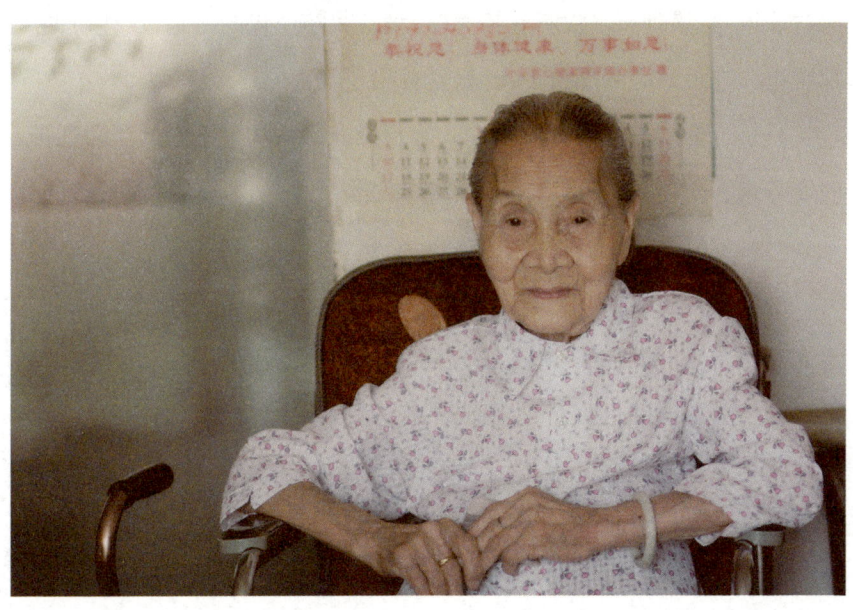

自是浮生易漂泊

1936年姜苹清又辗转到了延安,这才恢复了女儿身。那时她已35岁,搁在现代来讲就是大龄未婚女青年了,她在延安认识了后来成为丈夫的汪海棠。

她第一眼看到他,眉宇间英气逼人,双眸清亮,似蕴无穷智慧,俩人时常谈革命,谈理想。没有八抬大轿,没有大箱小包的陪嫁,仅凭着两人那颗革命抱负的心和那份懂得,她就嫁给了汪海棠。

只是可惜战争年代分多聚少,她与爱人因为从事不同的革命任务,时常分离,每次分别时爱人汪海棠总要送给她一个本子,里面写着的那些他对她的叮嘱和关心。

她非常珍惜爱人用过的日记本,用灰粗布糊了包皮,千里行军开着卡车跋山涉水,就连后来跟随王震将军去了新疆开车,日记本仍始终珍藏在她身旁。虽路远山遥,唯音书不绝,互问短长。

梦里不知身是客,待到醒来竟已了无痕。

往事突然戛然而止,她放下杯盏,猝不及防忽而掩面而泣。世事无常,比生离痛苦万分的是死别,除了时间,没有谁可以安慰她的悲恸。

后来她生下了3个儿子，生孩子是女人的鬼门关，而在艰苦的战争环境中哺育孩子，对她来说也十分艰难，后来儿子们有的在战场上牺牲，有的在路上生病死了，而作为母亲，失去孩子则是她心中最痛苦的事情。

解放后汪海棠曾任过长沙市交通局副局长。文革期间，她和爱人受到了冲击，特别是她爱人遭到了批斗，每天不仅有红卫兵来家里抄，每到晚上还有一个个批斗会，一群人围他们夫妻俩吼叫，多少只手指戳戳点点，吐沫星子乱喷，她和爱人就低着头瑟瑟发抖地回应着无端的指责。到了1968年，丈夫再也忍受不了那些痛苦，瞒着姜苹清，在批斗中自杀了。

行行重行行，与君生别离。此刻她已经失去了尽情啼哭的资格，他们是在战火中结成的患难夫妻，那个曾经宽厚温存的爱人的肩膀，也已不再能为她遮挡人世间的凄风苦雨，三个亲生的孩子早在战场上牺牲了，可是她依然要用羸弱的身躯撑起一个家。

她既能在战火纷飞中傲然并立，也能在失去家人的伤痛中暗自芬芳。她曾涉水过渠，踏过洪荒一样的年岁，能听见江水的奔腾，亦相信对岸有路径花开。

爱人不幸去世之后，她在长沙的房子和退休金都没有了，无奈之下她回到了丈夫的老家。姜苹清没有向人诉苦，也不对人说起她的过去，她又拾起了采药手艺，以此为生。

这一生她如同乘风，不曾止息，走过的光阴如同闯关躲剑，退无可退，期许朝朝暮暮执手良人，未料情非得已。

人间滋味，皆是独尝。感谢寂寥岁月里你曾送我的枝枝蔓蔓。

一切有情，皆为过往

姜苹清的天性里有着一种悲悯，这悲悯中有不破不立的勇敢，也有一颗救天下苍生的慈悲之心。

"请问要柴火吗？给我一口饭吃吧。"那还是解放前的秋天，姜苹清在湖北出车，一个6岁的孩子穿着破烂的衣服、打着赤脚，向她讨饭吃，遭遇丧子之痛的姜苹清见此情景备感心酸。经过询问才知道，其亲母死后，父亲不要他了，姜苹清决心收养他，而这也是她收养的第一个孩子。

在开车途中，姜苹清经常遇到流浪孤儿，她都尽其所能收养。在生活艰难的年代，她为养活一大群儿女，白天拼命开车，晚上给儿女们赶制衣服，最好吃的宁愿自己不吃，也要全部留给儿女。她先后收养了16个孤儿，他们中有流浪儿，有烈士遗孤，现在已是6世同堂。

从少女孤勇到年老如霜，人生似是苦短似是冗长，喜乐有时悲戚有时。但只要想到这些收养的孤儿，她的心里就暖意如春。

自从爱人在文革中自杀以后，姜苹清搬回了常德，有时一个人就到桃源、石门等山区挖药材，行医救人。由于出生医学世家，姜苹清不仅擅长诊治普通疾病，还擅长诊治一些疑难杂症。多位白血病患者经她治疗后,病情都得到了不同程度的好转,行善积德让姜苹清成为了远近闻名的"活菩萨",除了替人治病,还有不少人向她取经长寿秘诀。

她说自己的生活方式和常人无异,每天晚上睡前准备一杯烧开的水放在床头,6点起床后先喝几口冷开水,然后下床走上一百步。虽然有116岁高龄,但她耳不聋眼不花,上下楼如履平地,白天到院子里同大家聊聊天,有时打打麻将玩玩纸牌,休息前再喝点擂茶或者稀饭,才睡得香。

岁之将暮,虽她领教过现实的凶顽,仍对温存的天光月影满怀期待,当所有人在规则的泥淖里挣扎,她始终坐在院子里凭阳光洒满全身,笑意盈盈。

几段往事,漫漫苦楚,也不过是拣尽寒枝未可栖。这一本人生之书里,有空山寂静,有起伏过往,有踟蹰而行,有山河万朵,可她始终端坐红尘之中与时光相约终老。

岁月成了睿智的一本书。看到老年的她,会觉得她的脸上自然而然地散发着一种淡定从容的气质,她是一个不认命,也不和生活较劲的女子。

高自在高处,低自在低处,也不故作高深,也不向热闹处俯首,那种明净,温和,内敛不显的风骨,时常让我觉得,来此世间,看到天地已然满足。

我去看望她的那一日,离别前她拉着我的手把我送到楼下,虽然走过一个多世纪的疾风骤雨,她却依然对着我笑容莞尔,流动着一种不能言明的美。那一瞬间,让我永生难忘。

窗外风声散去,有薄薄月光一点点浮上来,此间心情,再不如复。

与砚素心相对

云光花影里闻砚香/234
守护心里的花好月圆/238
择一事 终一生/241

云光花影里闻砚香

窗外,浮世喧嚣,人间烟火,而把门一关,这里则是另一片天地。

不管是白天还是夜间,他弓着腰,反复相石、切胚、雕刻、打磨、抛光,手握刻刀铲子在砚上雕琢,屋内回响着低沉的琢石之声。一方方砚台,经由他的精心雕刻,找到了魂儿,也就有了文人的精气神和风骨。

静心不妄动,专注身心合一。刻砚,这既是一种手艺,也是一种修行。

这是"三年不升职不跳槽就失败"的我们很难体会到的专注和浪漫。放眼望去,身边太多的人,身处焦虑。他们为工作和加薪焦虑,为人际关系焦虑,为买房买车焦虑,那种焦虑,布满面容,一眼就能看得到。

如果让你选择,你是否也能"择一事,终一生"呢?

认识子邑,是从一块砚台开始的。

偶然在一朋友的文章里看到了几方砚台,我被一方凤山石古镜砚所吸住了眼,只见砚台呈古镜式,古朴雅致,雕工质朴,浑厚沉着。这让我想起了一句诗:"玉匣初开镜,轻风拂去尘。光如一片水,影照两边人。"

几经打听,才知道这几方砚台出自一个叫子邑的匠人之手。子邑,子邑,听着名字就觉得有文人气,顿时就生了想见他的心。

初次见到他,他刚辞去公职,整个人浑身轻松自在。他把我领到他的砚雕工作室,泡上一盏茶,点上一炉香,我们盈盈相聊。

虽是初次相见,但彼此如老友一般,不客套,不寒暄,真就奇怪了,就因为我看到了他刻的砚台,怎感觉与他这样亲厚呢。

才坐下来一会儿,你就会觉得这是一个有意思的人。满满的生机,让人安心,也让人放心。

有时移步到他的书桌边,子邑亲手拿出他珍藏的石头和雕刻的砚台,有凤山淌池砚、凤山石长方如意砚、端老坑淌池砚、眉纹随形素砚等,看得我眼都痴了,就连他的话也是左耳进右耳出,整个人都被这眼前的砚台给套牢了。

子邑捧起其中一块,说道:"你看,这方凤山淌池砚一摸上去就舒服,好砚和打太极一样,有张力又不张扬。它很细腻,但又不是很有棱角,摸上去有力度,这是一种手的把握。"他那凝视的眼神,以及抚触的动作,仿佛在和它交流,对砚的体悟,也已经把自己融到里头去了。

很荣幸,我能近距离看到他的工作状态,他面貌笃定清喜,从容饱满,是在世上找到了安身立命所在的脸,我羡慕他这样的面容。能沉浸于此中的人,与现世驰猎于声利之场者,实在相去远矣。

古代人讲究格物,透过一方砚台也能看到人的品行。"要心静,不能飘,状态不好的时候我不会刻砚。"子邑此言听上去,那么动人。

用他的话说,刻砚是一个很磨人的手艺,从最初的磨石开始,在熟能生巧中一步步摸索,领悟砚雕的精妙。一步一步,如果没有足够的耐心,是很难坚持下来的。

我一边和他轻声聊着话,有时也站起身在他的工作室里头四处看看。这里的茶,四时不同,各有其妙;满架的书,随意取阅;多宝阁里是各式的小器玩,拙朴可爱;窗明几净,云光花影里坐着吃一杯茶。

此时朝阳穿窗而入,喝完一壶热茶,我们的聊天也正好结束。诗卷在手,砚香满室,只待梅花开。人呀还是要开阔舒展,韵味不尽才好,与美好的人相互滋养,眼下只此一刻,让我快活。

这样好的时日,一手闻砚香,一手持茗杯,我只怕要沉醉了。

愿你余生有情 余下有爱

守护心里的花好月圆

文房四宝,笔墨纸砚不可或缺,古人最开始以笔直接蘸石墨写字,后因不太方便,便想到了可将其在石、玉、铜等坚硬东西上研磨成汁,后来才有了砚台。为了让砚有观赏性,先人又在砚台上镌上铭文、人物、山水、花鸟、虫鱼等图案,使其有强烈的书卷之气。

宝剑赠英雄,砚台予文人。砚台是文人收藏的清雅之物,也是皇宫贵族显贵赏赐的佳品。苏易简在《文房四谱》中言"四宝砚为首,笔墨兼纸,皆可随时收索,可终身与俱者,惟砚而已"。当今有四大名砚,指的是洮河砚、端砚、歙砚和澄泥砚。

一直很喜欢日本诗人阿久悠的一句话:"不惹眼,不闹腾,也不勉强自己,做一个落后于时代的人,凝视人心。"这句话用在子邑身上,最为恰当。

子邑从小喜欢书法,临池不辍。2007年通过书法江湖网接触并购买砚石,在没有任何制砚工具的条件下,仅靠一把篆刻刀做了一方处女砚以自用。

工作之余他基本把所有时间都用在了刻砚之上。他买来一堆的石头,也不知道为了刻砚花了多少钱,他除了每月给妻子上交工资,其余的钱全用在砚的身上了。但正是这样一个过程,让子邑唤醒了对砚石和雕刻工艺的那份深情。

在工作室内,他给我看了他刻的处女作,一方素砚。虽是处女作,但盈手可握,温润如玉,如玉般秀润,感觉呵气生云,可见他的功底深厚。

2008年,子邑到歙砚原产地江西婺源拜工艺美术大师汪前进为师,走上了业余制砚之路,先后拜访多位制砚前辈学习技艺。通过不断实地考察购买各种砚石来了解歙、端、洮三大名砚和各地方砚石的品质,以反复相石、切胚、雕刻、打磨、抛光做实验来学习制砚手艺。2012年他创立了"子邑砚雕工作室",制作砚台并推广湘砚文化。

刻砚,是一个"磨性子"的过程。无论你是多么心高气傲还是几经沉浮之人,都会经历这么一个由心急到安定的过程。

这是一条艰辛的雕刻之路。每次雕刻都如同一场战斗,还有那不可避免的石灰粉尘,子邑动手前先备好一叠创可帖和口罩,因为刻刀随时可能扎入手指,石灰粉尘随时能吸入肺里。

最大的考验是劳累,工作强度已经很大了,而且子邑周末经常加班,有时也免不了应酬,业余时间再做雕刻无疑极耗精力。他的雕刻不是在假日就是在深夜,甚至从夜间做到清晨。

刻砚,先得入传统,大到天地方圆之观照,小到一砚的线面与规矩。书画、诗章、意象、器物、工艺等,无一不牵关乎于砚。"刻砚,既要得传统,也要不唯传统。在这个圈里,有人蜻蜓点水,匆匆入过一下就急于出来,有人进进出出,出了又进,反复多次,只有这样才能制出更好的砚。"

不慕浮华一心问石，一个人静静地做砚。"做砚台的时候就是要入境，不知道自己，好像砚台就是你自己，就是你自身，你跟砚台是直接在对话，这种过程其实是最愉悦的，而且是一种无物无我，那是最好的自己。"他对我说话的时候，温暖而谦逊，仿若冬日里大雪初晴的阳光，暖意深浓。

"文人之有砚，犹美人之有镜也，一生之中最相亲傍。"经过多年他找到一条通往美好的路，以此修身寻趣，只要面对日子还有一缕清欢之意，生活仍是珍贵的。

心有风骨，也能素心相对。他在喧闹之中有一种定力，于烟火人间之地守护着心里的花好月圆。

择一事 终一生

子邑是湖南人，20 岁那年刚从学校走出来，毕业的时候是最后一年包分配，他分在了一家国有企业从事办公室工作，直到 2016 年底辞职，一呆就呆了 20 年。

在国有企业生存，比聪明更重要的是藏愚守拙，他不喜应酬，工作中处事低调不愿多露锋芒，只专注把领导交待的工作做好，那些评优评奖他并不太在意。但是因为从事办公室工作，有时他也想挂掉电话，关上电脑，认真刻一方砚台，可总有很多电话打来，工作安排，人情往来，一件件占据了他的时间和精力。

有时退后比前进更需要勇气。2016 年年底在妻子的支持下，他向领导交上了辞呈，一直飘浮的心才总算安定了下来，冥冥之中他觉得终将会有这一天。"以前因为工作原因，有应酬，大家称兄道弟，最后还是你不认识我，我不认识你，现在辞去公职，做更有意义的事，和值得交往的人去交心。"

现在很多人已经粗俗到没有一点趣味和个性了，外出旅行但看不到江河风物，努力赚钱但已体悟不到那份开怀畅意。子邑只希望从世俗的偏见与浑沌中抽离出来。"日子过成自己想要的日子就行了，你想要挣钱，那就自己拼命挣钱，你想过得轻松，就不挣太多钱，过安稳的生活也很好。我现在有老婆孩子热坑头，有笔墨纸砚相伴，我对自己的生活已经很满意了。"从他的言语间，你能感知到他有着一颗豁达从容、冷静自持的心。

现在一些人打着文化旗号，大行追名逐利之事，子邑都看在眼里。但他始终不善张扬，如果不外出应酬，会在工作室写写小楷，带几名学生习字，守在他的文房之中。他有自己的一个广袤世界，那里面有他钟爱的笔墨纸砚，文房清供。

子邑擅长小楷，也擅长隶书，喜欢写小楷，是为刻铭文做准备的。除了刻砚，子邑就是喝茶写字，找好笔、好墨、好纸，甚至他想和朋友自己做墨。"卖砚台并不挣钱，每卖出一块砚，就像嫁女儿一样，心中太不舍了。我买石头也不知道花了多少钱，反正卖了又买，买了又卖。辞职了之后，有朋友说我可以靠砚台而活，要是真靠着砚台早发达了，我只是一个为砚台而活的石匠。如果这辈子我不刻砚，那太遗憾了。"

清代金农说："文房之用，毕生相守。"笔会写秃，墨会研尽，纸会用完，而唯独砚台，可以超越时光，历久弥贵。

在子邑看来任何形式的修行，都是一种法门。刻砚是一种很微妙的感觉，那种自我愉悦，是无法说出来的，砚台也有自己的气象。

砚台总是在时光里越发显露出它的意义所在，他也正是用时间使自己的人生完整，既坐得住，也安得住心，他以自身来观砚台，又以砚台来观照自己。"做砚，我不是想要成为什么家，要达到一个怎样的高度，要很富有，我只是想要把心里最理想的状态做出来，但这个需要时间，并不是一天两天就可以达成的。"

而今人心动荡，对天地万物的敬畏之心，对风雅优美的爱慕之情，对高洁矜持的信仰之意，很多都已支离破碎。然而，总还有人在那里孤独地坚守着，不妄言，不轻傲，不与之争，于天地间提供小小的栖息之处。

木心先生曾说，从前的日子过得慢，一辈子只够爱一个人，一生只能做一件事。当你被琐碎生活招安之后，愿你仍有能力为那个用烂的词——"情怀"而稍稍动容。

生活的日常无论从喜或从悲，我们唯有用山河破碎波澜不惊的气度去应对，才能逆水行舟终不悔。愿你光阴不殆，一生向美而行。

愿你余生有情　余下有爱　245

我有一身艺　足以慰风尘

执手操天下　赤子如少年/246
百鸟朝凤/249
心之所至皆是欢喜/252
众生喧闹　我喜独欢/254

执手操天下 赤子如少年

昏黄的灯泡，打在长方形的白色幕布，随着"叮叮当当"的鼓声响起，白布上方出现了一个个小巧玲珑的人物。只见他们骑着马儿，飞天遁地，鼓点声中刀光剑影一片。当神仙抬起棍杖打一个妖怪，倏忽一声，妖怪消失了，只剩白烟袅袅升起，真乃妙哉。

"口唱千古事，手操百万兵。四弦丝丝语，鼓磬艾艾鸣。"这是一首描述皮影戏的古诗。皮影戏旧称"影子戏"或"灯影戏"，是一种用蜡烛或燃烧的酒精等光源照射纸板做成的人物剪影以表演故事的民间戏剧。

我母亲曾是一名皮影戏演员，小时候我常跟着她跑戏班子，在乡下民居间的小道边，或是在空旷的平地上，几张板凳，一块白色幕布，再加上一箱子的皮影，待到天色一暗，便在一阵敲锣打鼓声中开始表演。

戏上演时，夏季的乡间虫鸣聒耳，清风徐来。光影交错之间，在锣鼓铿锵声中千军万马，刀光剑影，各色人物纷纷登场，跳动的影子应和着乡音唱调，时而公堂审案，时而阵前交锋，好不快活。我小小的心在光影浮动之间，得到了极大的满足。

而在有一个人的眼里，皮影戏是他梦里的桃园，有诗情画意的古风之趣,有流年人生的感怀,有山河壮丽的清绝。

和他约在湖南靖港古镇相见,彼时清瓦白粉墙映于蓝天之下,穿行于青石板街,我在皮影艺术博物馆见到了他。

他正拉着京胡,唱腔袭来,犹如松涛回旋,将人的心弦拨弄,只觉万籁俱寂,今夕何夕。窗外的阳光洒在他的脸上,愈显厚重踏实。他虽隐于一座古镇里,但隐而不匿,藏而不独。

朱国强,今年五十多岁,湖南靖港古镇人,是朱氏皮影戏第五代传承人。国字型的脸让人一眼就能瞧出几分正气,皮肤天生有点黑,就如同他的皮影戏偶一样透露出历史的沉淀。

作为有着两千多年历史的民间艺术,皮影戏讲究吹、拉、弹、唱、雕、凿、写、画,八项全能是每一个皮影艺人孜孜不倦的追求,最多的时候朱国强一个人可以操作十几个角色。而操耍和演唱,皆需经师傅口传心授和长期勤学苦练而成,这些传统和技艺是代代相传相守的。

在他的世界里,手中的这些小人儿会笑会哭,笑会飞扬哭也柔情。他守护祖辈传承的手工技艺,专注于自身,修炼心性,守着技艺,也守着岁月悠悠。

无论命运如何不公,他依然有林下之风,有洒然傲骨。执手操天下,开口唱天涯,赤子如少年。

人生不怕前路迷茫,只怕心中无光亮。

愿你心有远山　安于当下

百鸟朝凤

皮影戏是朱家世代的"百鸟朝凤"。

朱家以唱皮影戏谋生,父亲朱莲章还为毛主席唱过戏,到朱国强已是第五代。幼小的他从这些皮影戏里,辨忠奸,识贤恶,知礼义。

他记忆中的皮影戏,是有温度的。那时只要哪家有影子戏上演,左邻右舍必定自己带上小板凳,万人空巷。无论逢年过节、喜庆丰收、嫁娶宴客,都少不了搭台唱皮影戏。帝王的皇冠龙服,小家碧玉的弓鞋翠簪,大千世界的忠奸黑白,人生百态的喜怒哀乐,都在灯光下上演。那样的民间和烟火气息,具有生生不息的力量。

朱国强14岁便跟着父亲的戏班到各地演出,那是河西戏班子最红火的时期,一年到头总有唱不完的戏。春季班子从正月唱到三月,挑着担子游走在长沙的伍家岭、马厂、铜官、丁字湾一带。夏季从河东移到河西本地,唱的多是田禾戏。到了秋冬两季,班子重组,开始往北走,最远的时候到了湖北的公安、石首、南县一带。

在那个娱乐稀缺的年代,看戏是乡下最"洋气"的消遣。朱国强还记得18岁那年,他跟着父亲出去唱皮影戏,每到一个地方总是会遇到抢箱担的,一个场子刚唱完就被下家抢过去唱,抢的人多了,箱担也就被分了家。

他少年时随父学艺,兄弟六人,只有他最小,五个兄长都没有爱上父亲这门手艺,父亲把所有的希望都寄托在朱国强身上。但不幸的是,他从父学艺仅三年多,父亲就因病去世了。

父亲走之前的那几天,朱国强至今仍历历在目。那几天,父亲的精神有些好转,便硬撑着从床上爬起来,搬了一把睡椅半躺在他放皮影剧偶的工作间。他用微弱的目光反复打量着每一件皮偶,特别是那一套他特别喜爱的、亲手做的《封神传》的皮偶。

他要儿子朱国强把这些皮偶一个一个拿给他看,他用那早已形似枯木的手轻轻地抹去上面的灰尘,干瘦的脸上滚出了几滴浑浊的眼泪。到了走的那天,父亲把他叫到跟前,郑重地说:"儿子,为父给你取个艺名吧,就叫'重亮'。"傍晚时分,父亲就走了,朱国强没想到"重亮"的艺名来得这么悲切。

倏然间他只觉时光过境不是虚言,而老一辈艺人把手艺看得比生命都重要。他父亲唯一留下的遗言就是"重亮",简单的两字,却是这几代人毕生的追求,现在朱国强成了长沙皮影戏法定传承人。

生活无非就是在柴米油盐里讨喜,在喜欢的爱好里找乐,不必焦急亦不必莽撞,从容地将每一场人世相逢细细解读。

这样的坦然,带给他内心从未有过的顺畅。

愿你余生有情 余下有爱　251

心之所至皆是欢喜

每天,朱国强开门三件事,做皮影道具,创作皮影剧本,演皮影戏。

他制作一个皮影大概要三四天。一张皮影要经过下样、雕刻、上色、上漆、拼接五道工序,皮影有纸制的,也有皮制的。

纸制皮影要先将皮纸裱糊七层,使其具有一定硬度,再用圆规、尺、铅笔、刻刀等刻出所需图案,两层合在一起,中间放入一种透明塑料纸,涂上颜色。皮制的则要先将牛皮等放入水中,用化学药品处理,将皮革绷紧削薄,再用刻刀刻出所需的图案。皮革制成的影人耐用不怕潮,但因为那份"原汁原味",他还是更喜欢传统纸制的影人。

为了光复皮影戏,他写论文、办免费教学,还积极创新传统剧本,四处奔波搜集老道具、老剧本,整理誊抄的剧本已近百万字。"皮影戏总有唱不动的那一天,我现在最大的心愿就是找到传人,把这身手艺传下去。"还好值得欣慰的是,现在他的儿子朱荣和开始理解自己的父亲,并跟随父亲学习皮影戏。

只有初中文化的他克服重重困难,撰写了四万多字的论文《望城影子戏》,又自筹资金着手出版。最令他骄傲的,便是他一手创立了"皮影艺术博物馆"。这座博物馆有他搜集整理的剧本、乐器、道具、历史文献等展品近 2000 件。展品主要是他爷爷、父亲遗留下的和这几十年来他精心制作的,这些都是他的传家宝。

为了皮影艺人后继有人,他在博物馆打出了"免费收徒"的旗号,然而,坚持最久的徒弟也只学了一个多月。"以前人家请皮影戏,是请戏班人去还愿。比如,陈家的人请皮影戏班,那我们戏班就要唱陈家的戏,这是难度很高的,但是现在大家已经没有这种意识了。"

看到皮影戏从曾经德高望重不可或缺的地位到如今的消弭凋零,他知此一处风雨如晦,他也曾为婚变而伤怀,为皮影戏的凋零而哀怆。可不论身处哪一种境遇,他都不曾犹疑茫然。

一个人能够坚守住自己的手艺,岂止是穿过眼前的山,还得穿过心中的层峦叠嶂,度过最艰难的暗夜,才能像回归故里般,心定意平。

众生喧闹 我喜独欢

在民间有一句俗语:"不看皮影戏,不知礼义。"

"皮影戏里有祖辈传下来的'孝悌忠义礼义廉耻',像岳飞的精忠报国,王祥的卧冰求鲤,凿壁偷光、程门立雪……这些典故在剧目里都演着。"

他的眼里,只有皮影戏。只要皮影戏一出现,他的眼神就有了焦点,他的气息,随着剧中人物的一唱、一喊、一吼、一跳,流畅起来,孔武有力。

朱国强会吹唢呐,曲声如咽如泣,听得人荡气回肠;他会拉京胡,弦声起处,恰似鸟和蝉鸣,呜咽悠长;他会唱戏,唱腔有大山之粗犷,更兼湘水之婉约,让人不自主地被牵引;他会制作皮影人偶,自己设计,自己画,自己雕凿,个个神形兼备,栩栩如生。

当然,山长水远的人生,很多时候都是一个人孑身而行。

由于皮影戏日渐衰落,朱国强的许多同行都逐步转做了其他。原来演一场戏至少要四五个人,现在只剩下他一人了。除了皮影,他又没有其他收入,有时连生活都成了问题,还背上债务。

多年前，他的妻子终于受不了他对皮影的执着，再加上入不敷出的家境，断然与他离婚了，只留下他和一室的皮影人偶，还有儿子。

虽然艰难，但朱国强从没想过转行："皮影戏对别人来说可能只是一个饭碗，但对我来说，这是祖祖辈辈流传下来的'传家宝'，是我唯一的梦想。"说话时，朱国强隐藏着中年的静气和坚忍，更有一种少年的赤诚和热情。

还有人知道他家有从清代传下来的皮影，托人找到了他，想要出200万收藏，但是朱国强就是不卖。他倔强地认为，皮影戏不能断在自己手中，必须一代一代传下去。正是这种本心，硬撑着他渡过了种种难关。

在命运难控的当下，或许唯一可控的便是心中此情。他自知人生深邃，不慕虚名浮利，不恋风月情长，至此一生与皮影相互偎依，相互懂得。

我们读许多书，只为人事通达；行许多路，只为眼界明亮；走在人群中，只为认清自己，一切诸事顺逆，终需自身造化。

愿天地相生，万物相宜，我们能向着圆满的路途而去。

愿你余生有情 余下有爱　257

越罗衫袂闲梦远

心有多净　衣有多美/258
见衣如晤　针线有情/261
此生君子意逍遥/265

心有多净 衣有多美

一件衣裳能陪一个人走多久呢？

对于很多人来说，一件衣服大约能穿一二年，有的几个月时间都不到就搁置一边了。而对于有一个人来说，衣裳会陪着他一辈子。

见到他的时候，是杏花微雨落入江南，正合时合宜。好友苏砚带着我穿过姑苏城临顿路大大小小的巷子，停在了一家巷弄的木门前，这里没有标牌，只是一间不起眼的的房子。走进来一看，里面有缝纫机，工作台，一切全靠手作。

他出来迎接我们，穿着一身黑色汉服，仿若碧落烟云，挟了春意而来。眼神干净，一脸的温和从容，站在那里整个人都有静气。

这便是汉服设计师志远了。

志远是河南商丘人，一名 90 后男子，4 年前他来到苏州成立了丹华汉服工作室，专做汉服定制。他从小喜欢古典文化，对衣裳的情结中藏着一桩复兴文化的美梦，而他就是那个翩翩起舞的追梦人。

一般做汉服的大多是姑娘，你一个男子怎么想到会做汉服设计呢？

"我很小就看到母亲在昏暗的灯下为家人缝制衣服了，那时觉得没有比这个更直接表达爱的方式,所以对衣物很感兴趣。后来我从贴吧入手,在网络上搜集出资料,到博物馆参观,实物深入了解汉服。从汉服的版型以及材质,一步一步地去接触。"志远说因为喜欢汉服,也让他在网络上认识了很多志同道合的"同袍",看着朋友们分享自己穿汉服的照片,志远越发地想亲手设计做出属于自己的汉服。

他的工作室主要做的是定制汉服和汉服演出服,每件汉服从设计画图到选料到打版、裁剪、缝制,他都事必躬亲。几乎每个星期,他都会去市场亲自挑选布料,都是选择手感垂感花纹都不错的上等面料,根据自己的设计稿合理配色,再研究如何将衣服缝制得适合现代人的体型,让汉服更具有美感和生活化。

在这里你感觉不到丝毫的商业气息,唯一感受到的是浓浓的传统文化氛围。每一套汉服都是诗,针针脚脚里都渗透着古典诗意。

正因为这样的理解,让志远特别珍惜衣服,以惜花怜红颜之心对待,温柔呵护,觉得衣服应该被负责任地制作出来,然后被负责任地对待,才能与衣物天长地久。每次当他穿上自己亲手做出来的汉服,感到一种轻柔飞翔的愉悦。

心有多净,衣裳就有多美。他希望自己的设计能赋予汉服生命,望每一位穿上汉服的衣者赋予它灵性。

260　愿你心有远山　安于当下

见衣如晤 针线有情

但凡女子,必有华衣情结。仿佛衣服穿上身,顿时心都轻柔起来,好像自己真的成了古时的女子,那份心境却是说也说不尽全,只是莫名的喜欢,连眉目笑容都变得不一样。

我最早对于汉服的印象,是来自爱国诗人屈原所写的诗《涉江》,"余幼好此奇服兮,年既老而不衰。"屈原笔下的奇服,便是我们熟悉而又陌生的汉服了。屈原一向以高洁出尘著称,而他竟然爱慕一件衣裳若此,可见这件衣也足以与香草、美人相媲美了。

汉服之雅在那田间陌上的少年,鲜衣怒马足风流;汉服之美在那一架秋千上的素衣少女,倚门回首嗅青梅。汉服洁净飘逸,似乘风归去,有一种特别的灵动之美,举手间行云流水,行动处衣袂飘香。

依着如此特性,古人在身着汉服时,走起路来自然会潇洒飘逸,轻挥衣袖,便带起一阵清风。汉服,又称汉衣冠或是华服,自"黄帝垂衣裳而天下治"而始,止于清代"剃发易服",它从深衣到通裁,样式不断丰富,但在历代款式上一直保持不变的"交领右衽"传统。

汉服的交领处则成矩形,以应地道方正。"左阳右阴,以左为尊,天圆地方,无规矩不成方圆,背后一条中缝,做人要中正,不偏不倚。"更进一步说,华夏衣冠蕴含古人关于天地人伦的道理。

"你觉得汉服对你意味着什么,最吸引你的地方在哪里呢?"

"对很多人来说汉服只是一件漂亮的衣裳,对于我们汉服设计师来说,它不只是简单的一件衣服,而是汉服背后的文化很考究,衣服只是表面的,文化才是一生要学习的东西。"

其实,喜欢汉服并不是要穿着汉服轧马路,或者盲目复古,一切和古人一模一样,而在于能否将礼乐精神融于我们的日常生活。当你穿上汉服时,会很自然注意到自己的言行举止。

"汉服宽大飘逸,讲究浑然一体,对布料和制作都有一定的要求,在推动汉服服饰文化中,这个过程是否有艰难的时候呢?"

"困难有很多,主要是在汉服改良的过程中遇到了很多问题。传统服饰要改良,既要保留原有的特征,又要适应当下生活节奏,让别人满意。其实古人对汉服是很严谨的,所以这个过程需要转变。汉服设计在一定程度上,也是为"实用性"服务的,需要兼顾他人。只要把自己的立足点找到了,要做的是往下走,汉服不是参加活动穿一穿,而是融入生活。"

志远告诉我,汉服是平面裁剪,时装多是立体裁剪,平面裁剪的优势在于衣服穿在身上非常舒服,但也会有不足,后来他在制作道装时又向师傅学习了立体裁剪,结合道装制作经验,解决了汉服中领子、肩褶易存在的问题。

他制作一件衣服大约需要两周的时间。一般先为客户提供款式的图片,让对方试一下款式成衣,测量身体尺寸,然后采购一些面料。待布料选好之后,他要亲自做缩水、固色、浆洗等前期准备,需要固色的面料要加上盐,食盐有消毒杀菌、防褪色的作用,所以在制作汉服前,他会用盐水把面料浸泡洗干净。

每当看着自己亲自设计出来的汉服,他便觉得生活充满了一种仪式感,一布一衣,一刀一裁,一图一画,他不急,慢慢来才会出手艺。只专注于手下的针线,若这样的沉默是内心的宁息,他愿独抱岑寂。

"设计是一个非常诚实的工作,设计师投入什么,作品就会反映出什么。我觉得服装应该是人内心世界的写照,不是为了表现什么,也不为了附和某些人的品味,应该最真实体现穿着者的内心状态,并且让大家感到自在和放松。"风尚来来去去,不变的是他对手艺的坚持。

来志远这里定制汉服的大多集中在 80 后和 90 后,刚开始他做汉服以同袍为主,后来开始做改良汉元素时装,现在男款多一些。他没有在网上开淘宝店,只在自己的微信上发款式图片,推广比较少,工作室主要是靠信誉维持。目前以汉服制作为主,当然以后禅衣茶服等中式类服装也会涉及。

志远对物质要求并没有太多欲望,做汉服虽是他的谋生方式,但和吹洞箫、吹埙、写书、画画一样,更是他喜欢的生活方式。他说,每个人的欲求大小不一,有的白菜豆腐就知足,有的燕窝得天天有,遵循自己内心即可。

我们一定要爱着点什么,恰似对光阴的钟情。见衣如晤,针线有情,这是一个风华正茂的男子与汉服之间的情意。

愿你心有远山 安于当下

此生君子意逍遥

志远第一次来苏州,是 2014 年的春天。一进姑苏,他便被一种气息笼罩了,那时他刚下火车站,路过一个城墙有花枝蔓蔓,藤条丝柳,一下就惊住了。他到底是信了,苏州果然有江南的韵味。

他很喜欢苏州,这是一座有风雅有底蕴的文化之城,它不像别的城市那么浮躁,生活节奏很慢。志远的工作室靠近平江路,街道上虽是游客,但巷弄里住着的是当地的居民,两旁木楼人家,三三两两坐着几位老人,大都坐在藤椅里,或喝茶,或看着河对岸的行人,尽显人间烟火气息。

苏州老城区保留了很多古老街巷,斑驳石墙中似乎隐藏着古老的故事。平江路上,有写生的青年学子,在青路板路旁静静作画;有濯衣的村妇、捣衣声空彻悠长的回荡在空气里,这里有厚重的生活味,这是志远最为倾心的地方。

刚来苏州的时候,他入乡随俗,有时也会到巷子里找美食,春天去山塘街吃青团子,酱爆螺丝;夏天去平江路吃荷叶粉蒸肉,秋天去朋友家吃蟹粉豆腐;冬天去太湖吃雪菜冬笋炒肉丝。

除了寻味,志远还喜欢赏花,苏州一年四季都有花开,春季的玉兰花,夏天的荷花,秋天的桂花,冬天的腊梅。他知人世凉薄,尤爱于凉薄僻陋处寻得三两素趣,袖风,撷叶,莳花,一人得趣,以为自勉。

有时也会采摘一点花放在工作室的旧瓶里,每回当他画设计图或是做汉服做累了,抬眼看看工作室内拾掇出来的一点小景致,心上也是喜悦的。他也会自寻些乐子,对照汤公的曲文听几出昆腔,曲终夜深时,暗空飘起细雨,瓦房微漏的萤光,一般清意味,料得少人知。

志远身边的朋友也有一些是上班族,每个月有房贷或是房租的压力,生活和工作烦恼不断,当这些朋友看到他的生活方式,也会潜移默化受到他的影响,利用周末时间向他学习洞箫,和他一起参加雅集。

岂曰无衣,与子同袍。志远平常不忙时,会穿着汉服参加同袍的活动,依时节生活。新年与同袍过元宵节猜灯谜;二月结伴赏花踏青一起过花朝节;三月上巳节仿古礼,举行祓除畔浴;九月中秋节相约拜月祈福等。他在这里不仅结识到了志同道合的朋友,还找到了古人生活的状态。

志远除了会做汉服,还会吹洞箫和埙、笛子。他在家乡读高中的时候就接触到埙这门乐器,有一天他听到一首曲子《苦道行》,这是很悲的一首曲子,音色朴拙抱素曲调悲情,他瞬间就被它打动了,于是在网上买了一个埙开始自学。刚开始自己瞎吹了二个月,气息还没调过来。后来遇到一位教洞箫和笛子的老师,志远便跟着他学习乐器。

志远现在与极少的人保持着生活的往来和约见,渐渐在凡俗时光里活出了静独的模样。每日闭起门来制作汉服之余,也不过是随手翻看几页旧书,晚上去网师园进行夜游演出,他为游客表演洞箫独奏《梅花三弄》《枉凝眉》。表演完毕待游客散去,他一个人夜游园林,坐在玉兰花树下听花落的声音。

和他闲聊时,我会问他,"你是汉服设计师,又喜欢吹埙吹洞箫,感觉你是一个活在古代的谦谦君子,你如何理解'君子'这个词儿呢?"

"君子嘛,就是谦谦君子,温润如玉。儒家提倡的是中庸之道,不偏不倚,我觉得有自己坚持的,明白自己做什么,有志同道合的人一起交流学习就很好。苏州的文化底蕴非常深厚,我在这里接触到了传统文化各行业的朋友,比如书法、乐器、香道、茶道、国学。传统文化能培养一个人的心性,在这个功利的社会背景下是非常好的一件事。"

第二日,我们约好去艺圃逛园林,那天春日暖阳,园林里来了很多人拍照,但是他坐在亭子里,自顾地吹起洞箫,眼神里没有别人,只有此景此心。

似乎只有像他如此清净谦逊之人,才可与衣和乐器相得益彰。而人世间所有的纷繁,化在他的箫声里,也化在他一身汉服中,好像千山万水,也能笃定地归来。

愿你余生有情 余下有爱　　269

真名士自风流

归　来/270
写　作/272
婚　姻/274
母　亲/276
相　爱/278

归 来

一切的来与去，仿佛自有它的因缘。

2008年大学毕业之后，我在家乡一家电视台做实习记者，那时我是新人，处处小心翼翼，跟着电视台的老师学习摄像，背三脚架，拎摄像机，跑在新闻现场的第一线，回来写新闻稿，编辑稿件。

我学新闻出身，可当年却写不好一篇像样的新闻稿，被领导责骂。在电视台干了整整八个月，没有一分钱工资，是去是留，是去外面闯荡还是回到家乡安稳度日，那是刚毕业的我，面临的最为纠结的事。

后来我离开了家乡来到湖南长沙找工作，之后换过几家公司，每天要坐二班公交车去上班，早上6点起床，上班要打卡，迟到要扣钱。每天早出晚归，连太阳都不曾看见，我想大多数的你们都曾体会过初入社会的艰难吧。

后来我又孤身一人来到张家界。虽是外地人，但这座旅游小城用它的包容和气息接纳了我，我在那里做新闻记者，也缘于这份职业，认识了一些性情相投的朋友。那几年我白天辛苦工作，谨小慎微，夜晚孤灯伴着我读书；也曾寻山踏水，摄影采风；也曾和他人相遇，也和对方离散。

回过头来看，我得到过朋友的关心、帮助、扶持和深爱，也面对过困顿、艰难、打击、伤害和凉薄。现在的我，早已洞悉人世的温暖与疾苦，理解人性的复杂和多面，也深知自己要走的路。

每个人最终都要回归到内心，直面自己的孤独和伤害，我要投入生活，实实在在去看看这个社会的挣扎、困惑、变动。但我仍然相信爱，相信自己虽生活在小城市，但我的天地始终山高水阔，来去自在，任我驰骋。这是心的归来。

写 作

写作,是我一心一意的路。

母亲是最早启蒙我的人,她从小喜欢文学和艺术,从上学开始母亲便引领着我写作,但那时并不是我自愿,更多是她的一种指引。现在,母亲由引领者成为了我最忠实的读者。

有很多姑娘对我说,"露茜,你是我的方向,你要一直坚持自己,要一直写下去,有你在,我的方向就在。"我经常会被这样的话语所感动。这几年缘于写作,我得到很多读者朋友的喜欢。但人若有虚名,很容易会膨胀,也会使自己的天份和悟性逐渐消亡。唯有专注静心,这颗璞玉才会越来越有光泽和明亮,我会继续做好这颗璞玉,让文字有气象万千,有风骨遒劲,有深度绵长,更有洞见深刻。

其实我们活出自我之路并不容易,要抗得住主流的言语,受得了独行的清寂,捱得住心头翻涌的欲求,以及他人不怀好意的揣测。想要在某一领域有所成就,仍要义无反顾必须专注的往前走。

生活其实是真刀实枪的,禅意清雅的人生并不是全部。最好的方式是感受万物之心,努力将外界的负能量进行转化,成为一个更通透更从容的自己。

我们需要与经历一一过招,当自己穿越过它,一定会在某个时刻豁然开朗,内心的光亮便会熠熠生辉。

文艺青年,在当下仿佛成为矫情不切实际的象征,但我很庆幸自己有这样的文艺之心。一个女子,最重要的不是姿色,也不是才华,而是自己灵魂深处有一种爱的能力,只有凭借这种能力,你才能在社会的倾轧中突围,超越眼界的狭窄,去搭建自己的一片天地。

愿在鱼龙混杂,流派纷呈的当下,不介入他人的是是非非,纵然见人生分合忧喜,也能走好自己的路,希望终有一日,我能脱去文艺青年这层皮,有自己的气象和风骨。

外术如刀,内道如墨。如果写作仅仅只是停留在天份,灵气,才情,技巧,手法的层面上,那它永远到不了"道"的层面。人应该在喧闹之中有一种定力,有张力但不张扬,文字亦如是。

对于写作者而言,写文风格不过是表面的魅力,最深层的力量始终在于:现实和人性的探索,对人间的爱与关怀,从未改变过。

岁月待人不过是厚此薄彼,大家忙碌着生,我们也困惑着活。但我很庆幸,此生仍在努力做好一个情深义重的姑娘,我们始终要找到所爱的人和事,才能不惧岁月悠长,哪怕走在刀刃上,也要写花开的文字。

一名作家心要静,更需要不断精进,写作之路才能慢慢抵达生命的真意。

婚 姻

我经历过一次婚姻。6年前与他相识相恋,他是农村家庭出生,重点本科毕业,从小吃苦耐劳,那时我喜欢上他的勤奋,他的勇敢,后来自然而然我和他结婚,并育有一女。

我和他是裸婚,没房没车没存款。婚后我们回到了我的家乡,他自己创业,我怀孕生女。女儿出生不久,他的创业之路遇到了很多波折和坎坷,后来他创业失败,家中所有的钱全打了水漂,同时还欠下高额债务,后来又发生了让人难以想象的变故,这其间种种辛苦和艰难,并不足以细说。

中间,我与他有过争吵,也曾对他有过埋怨和责骂。但是我们有一个可爱乖巧的女儿,我们实在于心不忍,为了孩子,我们有过沟通,也有过妥协,直到经过了几年时间我和他才正式分开。

我见证过婚姻的美好之处,也亲身体会过婚姻的真实之苦。我也曾被他人威胁过生命,也曾一人在深夜有过煎熬,也曾对女子的生育之苦有过埋怨,也曾为了挣钱经常熬夜写方案,但这些依然没有阻止我前进的脚步。

除了面对和解决这些一个个出现的困难，除了照顾年幼的女儿，除了要挣钱养家，我仍在坚持写作，仍在提高自己的修为，仍在不断去认识更有智慧之人，仍四处行走开拓自己的眼界和心界。

我在用我的力量与这场婚姻做一场争斗，我在用我的方式告诉他人，婚姻是合也好，是分也罢，一个女子不应该困在这四方天井里，我的天空依然辽阔高远，我的天地依然广袤无边。

愿我初心未改，美好依旧。也愿他踏实如一，珍重自己。

母 亲

现在,我是一名单亲母亲。女儿已经四岁了,在读幼儿园。她是我顺产了两天一夜生出来的小天使,她是上天赠予我最好的礼物。

只要是生育过孩子的女子才会知道,能够做好一名母亲,是件多么不易之事,曾经我也有过产后的各种焦虑,当你被孩子的吃喝拉撒所困住,想留出一点自己的时间需要花费更大的心力。

要感谢我的父母,感谢我的娘家人,给了我最坚强的后盾,给了我一个温暖的家。

我承认,自己并不是一名合格的母亲,对待孩子没有太多的耐心,她做错了事情,会对她发脾气,有过责骂,也有过惩罚。我总是在做好母亲和做好自己方面有所纠结——如何在照顾孩子之外,我还能坚持写作。

除了工作和外出游学,我会尽量照顾她的衣食起居,和她一起扮演角色做游戏,陪她画画,和她一起读唐诗,陪她去游乐场和公园玩耍,每晚会陪着她讲故事书直到她入睡。

等她晚上睡着之后,我给自己留出一点时间,喝茶读书,或是写作直到凌晨。所以关于阅读和写作,我一般是在熬夜中完成。

人生的压力其实无处不在，这在于你是否有力量承受这一切。父母逐渐老去，他们有什么想法会找你拿主意，女儿还很年幼，她一切都在依赖着你。你必须先安排好眼下的事情，才能看见诗和远方。

其实独自养大一个小姑娘是非常艰难的，养育是一条辛苦的路，这是一条需要不断调整且不能放弃的长路。成年人要在自己内心成熟的情况下，才能照顾养育孩子，这是人生切实的修行，但是我希望我们母女俩在你们眼中始终都是恬静美好的模样，愿上天不会辜负这一对女子的深情。

愿她安静也温柔，愿她活泼也欢笑，愿她干净也清冽，希望有一日，我与她既能亲密陪伴，也能各自独立。

相 爱

年少时,我对爱情缘于诗中"执子之手,与子偕老"的誓言,缘于"一生一代一双人"的唯美,缘于"问世间情为何物,直教人生死相许"的信念。

谈过校园恋情,工作后也经历过一些感情的分合转折,曾对男女之情有过迷失,也体会过婚姻的真实。回望过往,那时我并不懂得爱为何物,以为爱是双方都要付出,要彼此占有,要计较得失。

无须过分幻想,也无须过于失望,当爱与之相逢时,我们要做的依然是勇敢地迎接它,无论最终是相伴还是离散,爱自然有它的路程要走,用心走完它,并感受其中,这才是爱的深意。

我深信,一个女子自身呈现的美好,一定会散发出让人愉悦的香气,让每一个靠近你的人,都觉得和你在一起愉悦自在。

这一生我们愿意用心关照的人微乎其微,最好的男女之爱仍是善待,珍重,长情彼此不依赖;是情出自愿,事过无悔;是由情爱进行转化,最终让彼此得到内心的自由。

愿你和我能惺惺相惜,也能指引彼此。

愿你和我有两情相悦,更有高岸深谷。

愿你言念君子,温其如玉,也能内力深沉,稳重自持。

愿你风尘仆仆满身风雪推门而入的时候,能看见一身素衣浅浅盈笑的我,慰你半世漂泊。

当我们珍惜每一天并不再抱怨时,小小的喜悦便会从我们的心底涌现。于我而言,身边可贵的东西是:小姑娘正在长大,用心写字,好好养家,能经常去看望好朋友,去任何一座城市都可以遇见同道的友人,可以遇见相爱的人,能从容顺遂生活的高低起伏。

现实里我们有难以应对之事,大多数人貌合而神离,但我们也应在人间的扬尘里,看得见美的事,看得见美的人,即使风尘仆仆,灵魂依然能够明亮如初。

眼下,有轻歌掠过耳畔,有月光落在枝头,有好友能时常相伴,这么想想,那些过往经历又算什么。此生我们依然要无畏,要自在,要不违心。只愿今生一直有灿如星辰的笑容,有坦荡的爱,有白裙随风的温柔,有眼含笑意的抬头,我相信这一路与自己相爱的人,仍出自于真情。

此刻,我写给为爱奔波的你们,也是写给三十岁的自己,我们要更加敞亮,神清气爽,靠近喜欢的一切,不负此生路远情长。

我不能选择怎么生怎么死,但我能决定怎么爱怎么活。

- The end -

图书在版编目（CIP）数据

愿你心有远山　安于当下 / 露茜女子著 . —西安：世界图书出版西安有限公司，2017.11

ISBN 978-7-5192-3879-7

Ⅰ. ①愿… Ⅱ. ①露… Ⅲ. ①散文集—中国—当代 Ⅳ. ①I267

中国版本图书馆CIP数据核字(2017)第261378号

书　　名	愿你心有远山　安于当下
著　　者	露茜女子
责任编辑	陈康宁
装帧设计	仙　境
出版发行	世界图书出版西安有限公司
地　　址	西安市北大街85号
邮　　编	710003
电　　话	029-87214941　87233647（市场营销部）
	029-87234767（总编室）
网　　址	http://www.wpcxa.com
邮　　箱	xast@wpcxa.com
经　　销	新华书店
印　　刷	陕西汇丰印务有限公司
开　　本	787 mm×1092 mm　1/16
印　　张	18
字　　数	260千字
版　　次	2017年11月第1版　2017年11月第1次印刷
国际书号	ISBN 978-7-5192-3879-7
定　　价	46.00 元

版权所有　　翻印必究

（如有印装错误，请与出版社联系）